LE CONTEUR

ANGLAIS.

DE L'IMPRIMERIE DE DOUBLET.

Le bol de Punch.

Le bol de Punch.

Le Pari.

LE CONTEUR ANGLAIS,

OU

RECUEIL d'Anecdotes, Historiettes, Coutumes singulières, Mœurs, Usages, Traits d'esprit, Bons Mots, Saillies, Réparties, Ruses, Naïvetés et Balourdises des habitans des bords de la Tamise et des trois Royaumes,

EXTRAIT DES ANNALES

DE JOHN BULL,

PAR UN GASCON IRLANDAIS.

God damn !...

A PARIS,

Chez DEMAZURE, Libraire, Palais-Royal, Galerie de bois, n°. 222.

1816.

L'ÉDITEUR AU PUBLIC.

CHAQUE nation a un caractère particulier qui la distingue, et l'originalité de celui des Anglais nous offre mille traits plus piquans les uns que les autres. J'ai donc cherché à rassembler dans l'ouvrage que j'offre aujourd'hui au Public tout ce qui m'a paru devoir lui plaire à ce sujet.

Ce Recueil renferme nombre d'anecdotes intéressantes, souvent curieuses, mais presque toujours plaisantes. J'y ai joint plusieurs anciennes coutumes, et divers usages dont la fondation remonte aux temps les plus reculés de l'Histoire d'Angleterre. Si sa lecture procure quelques instans d'amusement, j'aurai rempli mon but; et sur ce point, je ne crois pas m'être trompé.

LE CONTEUR ANGLAIS.

CHARLES Ier.

Ce fut au mois de janvier 1649, que la cour de justice, formée par Cromwel, cita Charles Ier., roi d'Angleterre, qu'elle qualifiait de Charles Stuart. Elle l'accusait de tyrannie, de haute trahison; de tous les meurtres et de toutes les violences commises dans le royaume durant la guerre. On l'emmena de Windsor à Londres pour comparaître à Westminster, où la Chambre tint ses séances. On dit que lorsqu'il y parut, et qu'on lui lut son acte d'accusation, dressé *au nom du peuple anglais*, la femme de Fairfax, qui était à une tribune, se leva et interrompit celui qui lisait l'acte : « C'est un menteur, « s'écria-t-elle, à peine la dixième « partie du peuple anglais a part à « ce crime, qui est l'effet des artifices « du traître Cromwel que voilà. » On admira en même temps le courage de la dame et le sang-froid du tyran, qui, ne se laissant pas donner le change, méprisa ce reproche et continua son chemin.

L'instruction ne dura pas longtemps. Le roi, montrant dans cette dernière action de sa vie une fermeté digne du diadème, refusa constamment de reconnaître la juridiction de la Chambre. On refusa aussi de l'entendre quand il voulut se justifier; et on le condamna par contumace à avoir la tête tranchée comme tyran, traître, homicide, l'ennemi public de la nation. Jamais prince ne mérita moins ces qualifications injurieuses que lui. Charles Ier. n'avait rien de tyran, et jamais prince n'aima moins le sang. La soif que ses ennemis avaient du sien ne leur permit pas de différer longtemps l'exécution de leur sentence. Il eut néanmoins encore le loisir de se disposer à la mort par la pratique de beaucoup de vertus qui lui étaient familières.

L'unique grâce que Charles Ier. obtint de ses ennemis, après le jugement de son procès, fut un intervalle de trois jours entre sa sentence et son exécution. Il passa ce temps dans une grande tranquillité d'ame, occupé surtout de lectures et d'exercices de piété. Ce qui restait de sa famille en Angleterre eut un libre accès auprès de lui; elle consistait dans la princesse Élisabeth et le duc de Glocester. Le duc d'Yorck, qui s'était échappé de Glocester, ne faisait que sortir de l'enfance. La princesse, dans un âge fort tendre, marquait un jugement fort avancé, et les infortunes de sa famille avaient fait une forte impression sur elle. Après quantité d'avis et de pieuses consolations, son malheureux père la chargea de dire à la reine, « que, « pendant tout le cours de sa vie, « il n'avait jamais manqué, même « en idée, de fidélité pour elle; et « que sa tendresse conjugale aurait la « même durée que sa vie. » Il crut devoir aussi quelques avis paternels au jeune duc, pour jeter de bonne heure dans son ame des principes d'obéissance et de fidélité pour son frère, qui devait être bientôt souverain. Il le prit sur ses genoux : « Mon fils, lui dit-il, ils vont couper la tête de ton père. » Cet enfant, frappé d'une image si nouvelle, le regarda fixement. « Fais-y bien « attention, mon fils, ils vont couper la tête de ton père, et peut-être « te feront-ils roi ! mais prends bien « garde à ce que j'ajoute : tu ne dois « pas être roi aussi long-temps que « tes frères Charles et Jacques seront « en vie ; ils couperont la tête à tes « frères, lorsqu'ils pourront mettre « la main sur eux ; et peut-être qu'à « la fin ils te la couperont aussi. Je « te charge donc de ne pas souffrir « qu'ils te fassent roi. » Le duc poussa un soupir et répondit : *Je me laisserai plutôt déchirer en pièces.* Une réponse si ferme à cet âge pénéfra Charles, et remplit ses yeux de larmes de joie et d'admiration.

Attendri par ce touchant adieu, il ne voulut plus voir personne, pas même le duc de Richemond, qui en avait obtenu la permission. Il se renferma dans Saint-James, qui lui servait alors de prison, et s'y prépara au moment fatal, qu'il vit venir sans frayeur. Ce fut le 9 février qu'il fut conduit à Witehal. Là il monta sur un échafaud dressé exprès devant la porte de cette demeure des rois d'Angleterre, où, haranguant en peu de mots, il se justifia de la guerre, et reconnut que l'injuste sentence qui le condamnait à la mort, était le juste châtiment d'un acte qu'il avait eu la faiblesse de signer. C'était celle du comte de Straffort, son meilleur ami, que les factieux avaient voulu faire périr avant le roi. Il assura qu'il pardonnait de bon cœur à ses meurtriers; il dit que l'unique moyen d'avoir une paix solide, était de rentrer sous l'obéissance de la puissance légitime, qui résidait en son successeur; de rendre à chacun ce qui lui appartenait, à Dieu ce qui est à Dieu, au peuple ce qui est au peuple, au roi ce qui est au roi. Ayant ainsi parlé (car il n'y avait pas là de Santerre pour ordonner un roulement), il tendit la tête, qu'un bourreau masqué trancha. Ce prince était alors dans la cinquante-unième année de son âge, et de son règne la vingt-cinquième.

Le duc de Richemond, le marquis d'Hereford, les comtes de Dors et de Lindsey, ayant obtenu la permission de l'inhumer, le firent porter à

Windsor, et enterrer auprès de Henri VIII. Ils furent plus heureux qu'un M. Le Duc, qui, chez nous, demanda le corps de Louis XVI, pour le faire inhumer, et ne put l'obtenir.

LE PORTRAIT.

Henri VII, roi d'Angleterre, était sur le point d'épouser une princesse de Naples. Ce monarque envoya sur les lieux trois de ses serviteurs affidés pour y prendre connaissance de l'état de sa future, et quel était son tempérament et son caractère. Voici quel fut le rapport qu'ils firent au prince à leur retour en Angleterre.

« Autant que nous pouvons nous en rapporter à nos pauvres sens, sujets à l'erreur et aux illusions, ladite jeune reine ne nous a point paru peinte. Sa stature, ainsi que les traits de son visage, nous ont paru aimables. Il y a quelque chose de rondelet et de grassouillet dans sa peau. Son air est la gaieté même et n'a rien de renfrogné; elle est demi-sérieuse (par décence) et légère (par nature quant à ses mouvemens, n'entendons quant à l'esprit). Elle n'est point bavarde en paroles; elle a un maintien *demeuré*, image expressive de la pudeur féminine. Au surplus, nous pensons qu'elle a été avare de paroles, parce que la reine sa mère était présente; et, devant elle, elle avait l'air d'une vierge et paraissait ne pas faire attention à nous pour ricaner et folâtrer de paroles avec les filles d'honneur. Quant à ses yeux, ils sont bruns; le poil de ses sourcils est noir (ou noirâtre). Pour ce qui concerne son nez, il a une certaine longueur, une certaine éminence au milieu, avec un bout bien effilé, qui cherche à joindre et à baiser la lèvre supérieure, à-peu-près comme la reine sa mère. Nous avons vu les mains nues de la jeune reine mainte fois, et les avons baisées, et avons aperçu qu'elles étaient douces au tact, d'une peau naturellement propre et d'un arrondissement fort engageant. Pour ce qui est des seins de ladite jeune reine, ils sont un peu gros et pleins; au surplus, ils sont relevés par art jusqu'au menton, à la manière du pays, ce qui donnait à sa grâce un air un peu gros et rendait son cou trop court à l'œil : du reste, nous n'avons aperçu aucun poil (sinon follet) autour de ses lèvres, qui sont d'une peau bien nette. Quant à ce qui a rapport à l'haleine de ladite jeune reine, nous n'avons pu approcher ses lèvres d'assez près pour parvenir à une connaissance certaine de cet article; cependant, sans faire semblant de rien, autant que l'honnêteté l'a permis, nous avons communiqué avec ladite jeune reine, et nous devons dire que nous n'avons distingué aucune odeur d'épice ni d'eau rose; et qu'à juger de la rose de ses lèvres, du lys de son teint, de la fraîcheur de sa bouche, et autres accessoires, nous ne pouvons conjecturer sinon qu'elle est la salubrité de la santé et la joie de la vie (au moins en apparence). Pour ce qui a rapport à la hauteur de sa taille, jamais nous n'avons pu connaître la hauteur des talons; mais, vu que ses jupes sont longues, et que nous n'avons pu voir que le bout du pied en marchant, en vérité le peu que nous avons vu du susdit pied, autant que nous nous y connaissons, nous a paru joli et particulièrement petit, ce qui est même chose. En dernier lieu, la jeune susdite reine est grande mangeuse; elle fait deux bons repas par jour. En général, elle boit de l'eau avec une infusion de canelle; quelquefois elle boit de l'hypocras, mais rarement. » Un pareil portrait n'était certainement pas flatté.

SAINT-VALENTIN.

La Saint-Valentin est une fête très-remarquable en Angleterre. La jeunesse l'attend chaque année avec la plus vive impatience; c'est le jour où le hasard décide en quelque sorte de son bonheur. Voici pourquoi. Les jeunes gens ont appris, par une vieille tradition, que c'est le jour de Saint-Valentin même que les oiseaux de toute espèce se choisissent une compagne, et ils en concluent qu'ils doivent en faire autant. Ils s'y prennent de la manière suivante : on écrit le nom des bergers et des bergères sur de petits billets qu'on jette pêle-mêle dans une urne, après les avoir pliés. Quand on les a bien secoués et mêlés, les filles d'un côté, et les garçons d'un autre, tirent, chacun à leur tour, le nom de celui ou de celle que le ciel leur destine. L'amant ainsi élu se nomme Valentin, et l'amante est appelée Valentine.

Des autorités irrécusables prouvent que cette coutume existait déjà, dès l'an 1476, dans les plus nobles familles d'Angleterre; et il est peu d'écrivains anglais qui n'aient parlé de cette veille de Saint-Valentin. Gay a décrit poétiquement les cérémonies champêtres usitées en pareille circonstance. Il fait dire à une jeune fille : « La veille de la Saint-Valen- « tin, jour où les oiseaux cherchent « en gazouillant leurs douces com- « pagnes, je me suis levée au point « du jour, avant que le soleil n'eût « chassé les étoiles. Je me suis rendue « dans les champs, au milieu de la ro- « sée du matin : je t'ai vu le premier, « et le premier berger que j'ai vu sera, « malgré le sort, mon Valentin ». Il résulterait presque, du vœu de cette jeune fille, que la petite loterie de Saint-Valentin n'était pas du goût de toutes les femmes. Une dame de qualité fait aussi allusion, dans une lettre, à cette singulière coutume, en disant : « Je ne veux pas confier au « sort le choix de mon Valentin, je « prétends le choisir moi-même. » Cela n'a pas empêché la fête de Saint-Valentin d'être très-célèbre ; et Charles, duc d'Orléans, père de Louis XII, étant prisonnier en Angleterre, composa plusieurs poëmes en son honneur.

A cette époque, quelques filles anglaises se tiraient également une espèce d'horoscope très-bizarre. « La « veille du jour de Saint-Valentin, « dit l'une de ces petites créatures « superstitieuses, j'ai pris cinq feuilles « de lierre ; j'en ai attaché quatre aux « quatre coins de mon oreiller ; j'ai « placé la cinquième au milieu. Il « s'agissait ensuite de rêver à mon

« amant : j'eus ce bonheur. Il deve-
« nait alors certain que nous serions
« mariés avant la fin de l'année. Ce-
« pendant, pour être plus sûre de
« mon fait, j'ai pris un œuf dur,
« j'en ai extrait le jaune pour le
« remplir de sel; et, lorsque je me
« suis mise au lit, j'ai mangé le tout,
« même la coquille, sans dire un
« mot et sans boire. J'ai écrit aussi
« le nom de mon amoureux sur de
« petits morceaux de papier que j'ai
« roulés en les induisant de terre
« glaise. Le premier de ces numéros
« qui allait paraître sur la surface de
« l'eau, devait me désigner mon
« Valentin : ce fut M. Blosson. Je
« me suis de suite recouchée, et j'ai
« tenu les yeux fermés toute la ma-
« tinée, jusqu'à ce qu'il vînt à la
« maison ; car, pour toute chose au

« monde, je n'aurais pas voulu voir « un autre homme avant lui. »

Enfin Misson, dans ses Voyages en Angleterre, s'exprime de la sorte. « La veille du 14 février, jour de Saint-Valentin, et temps auquel toute la nature cherche à se rapprocher, les jeunes gens en Angleterre et en Écosse, d'après une coutume fort ancienne, célèbrent une petite fête qui tient à ce but. Nombre égal de garçons et de filles se réunissent. Les uns et les autres écrivent leurs vrais noms, ou des noms empruntés, sur des billets séparés; ils roulent ces billets et tirent au sort : les filles prennent les billets des garçons, et ceux-ci prennent les billets des filles; de sorte que chaque garçon rencontre une fille qu'il appelle sa Valentine, et chaque fille rencontre un garçon qu'elle appelle son Valentin. De cette manière, chacun a double Valentin et double Valentine ; mais le Valentin s'attache plus à la Valentine qui lui est échue qu'à la Valentine à laquelle il est échu. Le sort ayant ainsi associé la compagnie en autant de couples, les Valentins donnent bals et cadeaux, portent pendant plusieurs jours, sur le cœur ou sur la manche, les billets de leurs Valentines ; et assez souvent ces petits jeux donnent naissance à de grandes passions. »

L'EXCUSE.

Un journalier du comté de Devonshire avait tenté deux fois de se noyer, et deux fois il en avait été empêché par un moissonneur qui s'était jeté à la nage pour le sauver.

Ce malheureux, décidé à finir sa carrière, profita du moment où il crut que l'autre ne le voyait pas, et alla se pendre à la porte de la grange. Le moissonneur, qui s'en aperçut, le laissa faire et ne lui prêta aucun secours. Quelques heures après, le maître de la ferme, venant à passer devant cette porte, demanda au moissonneur pourquoi il avait laissé périr son camarade sous ses yeux. Ma foi, reprit l'autre, voilà deux fois de suite que je le retire de l'eau, et, comme il était trempé de la tête aux pieds, j'ai cru qu'il s'était mis là pour se sécher.

LE SOUHAIT MUNICIPAL.

PARMI les adresses présentées à Jacques Ier., ce Salomon de la Grande-Bretagne, il y en eut une de la ville de Shrewsbury, par laquelle elle désirait que Sa Majesté régnât tant que le soleil, la lune et les étoiles dureraient. Ma foi, dit le monarque à la personne chargée de cette adresse, si votre souhait s'accomplit, mon fils sera obligé de régner à la chandelle.

L'ENSEIGNE.

Feu M. Philippe Thickness, père du lord Audley, ayant eu le plus grand besoin d'argent, s'adressa à son fils pour lui en emprunter. Celui-ci en ayant refusé, il loua aussitôt une échoppe de savetier devant la porte du lord, et y pendit un écriteau sur lequel étaient écrits en gros caractères ces mots : *Bottes et souliers à ressemeler de la manière la plus solide, et au meilleur marché possible, par Philippe Thickness, père du lord Audley.* Les conséquences de cette inscription sont faciles à deviner, l'écriteau disparut le lendemain.

GALANTERIE ANGLAISE.

Milord L*** ayant rencontré un jour dans Paris une jeune femme voilée, avant de s'entendre avec elle, il voulut voir sa figure. La dame l'ayant refusé, notre Anglais s'emporta vivement, et s'écria tout-à-coup: Goddam! Madame, croyez-vous que j'achète un cochon dans le sac. Un Français aurait dit *chat en poche.*

LE DOMESTIQUE OBLIGEANT.

Sir Walter Raleigh, qui a composé l'Histoire du monde et a été décapité, avait apporté le premier du tabac de l'Amérique en Europe, et il fumait quand il se croyait seul. Un jour son domestique entra lorsqu'il avait encore la pipe à la bouche : en le voyant ainsi exhaler des tourbillons de fumée, il alla chercher un pot à l'eau et le jeta à la figure de son maître, en s'écriant : Au secours! au secours ! sir Raleigh a tant étudié que sa tête est tout en feu.

TENDRESSE PATERNELLE.

UNE femme de Brendsort ayant mis au monde, dans une seule couche, trois enfans, dont deux garçons et une fille, et qui se trouvaient illégitimes, la paroisse voulut faire, avec celui qui était connu pour en être le père, un compromis de 20 livres sterling afin de les élever, et ce, dans la supposition qu'il y en avait au moins un sur les trois qui lui appartenait; mais ce tendre père, se piquant de trop de modestie, s'obstina à se décharger même du tiers de la culpabilité.

VENTE CONJUGALE.

La classe inférieure du peuple anglais conserve, depuis un temps immémorial, la croyance superstitieuse qu'un homme a le droit de vendre sa femme, pourvu qu'il la livre la corde au cou. L'Angleterre fournit plusieurs exemples de ces sortes de marchés ; et on rit en France d'un usage qui permet à un mari de vendre sa femme comme une bête de somme du moment qu'il s'en dégoûte. Que d'aventures singulières font naître ces ventes bizarres. Je vais en citer un exemple. Un maçon, après avoir cohabité quelque temps avec la sienne, la vendit à *New-Cross-Street.* Un garçon boulanger en fit l'emplette, moyennant 2 livres sterling (2 louis) et 24 pintes de bière, et la conduisit à Greenwich. Huit jours après, cette femme devint héritière de 700 liv. sterling (700 louis) par la mort d'un de ses frères. Le boulanger, ravi de joie, l'épousa à l'instant, et le maçon confus, désespéré, pensa en mourir de chagrin.

Quelque temps après, le nommé John Osborne vint à Maidstone pour y vendre au marché sa femme, qui ne demandait pas mieux que d'être débarrassé de son mari. Quel accord charmant ! Mais se trouvera-t-il un acquéreur qui voudra bien se charger d'une femme et d'un enfant ? car le père, par la même occasion, voulait vendre le fils avec la mère. Après un quart d'heure d'enchères, l'acquéreur tant désiré se présente; il se nommait William Sergeant. Il acheta la femme et l'enfant en bloc pour la modique somme de 24 francs. La vente se conclut dans les formes légales, comme on le verra par l'écrit ci-après du mari : « Moi, John Osborne, « consens à me *dessaisir* de mon « épouse Mary Osborne et de son « enfant, en faveur de William Ser-« geant, moyennant la somme d'une « livre sterling, en l'indemnité de « l'abandon de tous mes droits sur « cette femme et son enfant; en « foi de quoi j'ai donné ma signa-« ture, etc. » Le marché était à peine terminé, que le pauvre John apprit, par une de ses voisines avec laquelle il vivait en grande intimité, que l'acquéreur William était à la fois l'amant de sa femme et le véritable père de son enfant. De dépit, Osborne épousa sa voisine. Qu'on dise, après cela, que les ventes conjugales des Anglais ne sont pas dignes d'un peuple aussi moral que policé.

L'ANTROPOPHAGE
DE LUI-MÊME.

Il est ordinaire de voir, dans les prisons d'Angleterre, des malheureux qui poussent le mépris de la vie jusqu'à la férocité. Les criminels ont le droit de vendre leur cadavre à un chirurgien auquel on le remet après l'exécution ; ce qui excite quelquefois des discussions, car il arrive souvent que le criminel s'est vendu à plusieurs à l'insu les uns des autres. Le prix qu'il reçoit sert à s'enivrer et à faire la débauche avec ses camarades.

Un d'entre eux, convaincu d'un crime atroce, fit venir un chirurgien; et, après bien des débats, il obtint deux guinées de sa personne. Quand il les eut reçues, il partit d'un éclat de rire. Le chirurgien surpris en demanda la raison. « C'est, dit le « criminel en se tenant les côtés, que « tu m'as acheté comme un homme « qui doit êre pendu; mais tu seras « bien attrappé, car je dois être « brûlé. »

L'ÉPOUSE PRÉVOYANTE.

Une veuve, dans l'intention de garantir son second époux des dettes contractées par le premier, donna un jour à Grimsby un spectacle très-singulier. Elle sortit toute nue par la ſenêtre de la maison qu'elle habitait, et fut reçue dans les bras de son prétendu en présence de deux témoins responsables du fait. Il faut avouer qu'il y a en Angleterre des usages auxquels nos Françaises se soumettraient difficilement, quel que fût leur amour pour leurs amans.

LE VOYAGEUR
COMPATISSANT.

UN voyageur russe assistait un jour à une des représentations de Covent-Garden; faisant allusion à l'usage qu'ont les dames anglaises de découvrir leur gorge et leur poitrine, il s'écria tout attristé : « Mon Dieu! « qu'il est fâcheux que tant de belles « femmes n'aient rien pour couvrir « leur dos. »

L'AMANT

FEMME DE CHAMBRE.

Dans le voisinage d'une grande ville du comté de Southampton, en Angleterre, le père d'une jeune lady âgée de vingt-trois ans, à laquelle il devait laisser à sa mort une grande fortune, découvrit que sa fille était grosse. Furieux, il lui demanda quel était son séducteur. La jeune personne lui répondit que c'était sa femme de chambre Henriette.

Henriette fut appelée sur-le-champ. Pressée par les questions, milord apprit que la jeune lady, pendant une visite qu'elle avait faite l'été précédent chez un ami près de Londres, avait fait la connaissance d'un joli jeune homme, commis chez un libraire ; qu'elle en était devenue éprise et qu'un mariage secret s'en était suivi ; mais que, redoutant la colère de son père s'il venait à être instruit d'un mariage si disproportionné (le jeune homme était peu fortuné), la crainte d'être obligée de se séparer de lui lui avait suggéré l'idée de le déguiser sous un habit de femme, et de s'en faire accompagner chez son père, où il avait figuré comme sa fille de chambre jusqu'à ce moment. On pense bien que cette découverte n'était guère de nature à calmer le courroux du vieux gentilhomme ; néanmoins il finit par se réconcilier avec le jeune couple, et M. Henri, auparavant mademoiselle Henriette, fut aussi heureux que le permettent les richesses et la beauté.

L'ENVIE DE FEMME GROSSE.

La femme d'un noble irlandais qui était éloigné de son pays pour des affaires, étant accouchée d'un beau garçon mulâtre, se trouva en butte aux critiques malicieuses de ses connaissances, qui n'ajoutaient pas foi à ce jeu bizarre de la nature. Elle donna, pour raison de cette singularité, qu'elle était la victime de sa curiosité; assurant qu'elle n'avait jamais pu s'empêcher de regarder attentivement la figure d'un domestique noir qu'elle avait, chaque fois qu'il entrait dans son appartement. Cette raison était-elle bien plausible, et le mari, à son retour, s'en sera-t-il contenté?

LA CRAINTE
BIEN NATURELLE.

LADY Carteret, femme du lord lieutenant d'Irlande, disait un jour au docteur Swist : « L'air de votre « pays est fort bon. » Swist, se mettant aussitôt à genoux : « Pour l'amour « de Dieu, s'écria-t-il, n'allez pas le « dire en Angleterre, car on mettrait « un impôt dessus. »

L'EMBARRAS
D'UNE COQUETTE.

UNE femme de qualité ayant besoin d'une femme de chambre, il s'en présenta une qui désirait fort obtenir la place. Milady, après avoir toisé cette jeune fille, lui dit : « Vous « savez coëffer, j'imagine, mademoi- « selle? — Oh! oui, milady, très-

« promptement ; cela est fait dans « une demi-heure. — Dans une de-« mi-heure, mon enfant, s'écrie « milady tout effrayée ; et que vou-« lez-vous donc que je devienne tout « le reste de la matinée ? »

LE NOM EMBARRASSANT.

Le docteur Drawelle ayant rencontré un de ses amis la veille d'une exécution qui devait se faire à Tyburn, lui demanda s'il savait comment s'appelait le criminel. Oui, reprit l'autre, c'est un certain pronom. — Comment un pronom ? — Rien n'est plus vrai ; mais on assure que ce n'est ni vous ni moi.

NOTICE

SUR LES HABITANS DU PAYS DE GALLES.

Les habitans du pays de Galles se distinguent plus par leur légèreté et leur activité que par la force et la hardiesse. Tout le monde y connaît le maniement des armes, les nobles et les roturiers ; si bien qu'au premier son de la trompette, le laboureur abandonne sa charrue avec autant d'empressement que le courtisan en montre pour s'éloigner de la cour. Les travaux du cultivateur sont très-bornés dans ce pays. Les mois de mars et d'avril sont consacrés à la culture de l'avoine ; pendant l'été on laboure deux fois pour le froment, et une fois en hiver. Presque toute la population se nourrit de pâturages, d'avoine, de fromage, de beurre ; elle consomme plus de viande que de pain. Ce peuple n'est ni commerçant, ni marin, ni manufacturier. Il ne trouve de distraction que dans les exercices militaires ; il n'a en vue que sa liberté et la défense de son pays : ce sont elles qui lui mettent les armes à la main, pour lesquelles il brave et fatigues et sacrifices. Il regarde comme une honte de mourir dans son lit, comme une gloire d'expirer sur le champ de bataille. Sans armes, il ose attaquer son ennemi tout armé. Quand il en porte, il les choisit légères, de manière à ne pas gêner ses mouvemens ; ce sont de petites gerbes de flèches, des dards très-courts, des lances ; il fait usage de casques et de boucliers. Les guerriers d'un rang supérieur se rendent sur le champ de bataille montés sur de vigoureux coursiers, tirés du pays même ; mais la plupart des autres se battent à pied, en raison de la nature du terrain, qui est inégal et marécageux. La cavalerie est, d'après sa position, aussi habile que l'infanterie, soit pour l'attaque, soit pour la retraite. Les cavaliers vont pieds nus, ou bien ils portent une espèce de chaussure grossière très-haute et faite avec du cuir non tanné. En temps de paix, les jeunes gens s'exercent à pénétrer dans l'épaisseur des forêts, à grimper jusqu'au sommet des montagnes ; ils parviennent, pendant la nuit, à réparer les fatigues du jour, et apprennent l'art de combattre, en s'accoutumant à manier la lance. Des exercices soutenus et pénibles forment leur tempérament.

Étrangers aux excès de la table et à l'ivrognerie, les habitans du pays se livrent entièrement aux soins de leurs chevaux et de leurs armes ; accoutumés de s'abstenir de manger depuis le matin jusqu'au soir, se fiant à la protection de la Providence, ils consacrent la journée toute entière aux affaires, et partagent le soir un repas frugal ; lors même qu'il leur arrive de ne rien trouver, ou du moins fort peu de chose, à ce moment, ils attendent jusqu'au lendemain soir avec une patience admirable. Loin que le froid ou la faim les rebutent, ils restent, pendant les nuits les plus obscures et les plus orageuses, à surveiller les mouvemens de l'ennemi.

Point de mendians chez cette nation. L'hospitalité s'y trouve si bien établie, qu'on n'a besoin ni de la demander ni de l'offrir. Le voyageur, qui se présente dans une maison quelconque, se désarme; on lui présente de l'eau : s'il permet qu'on lui lave les pieds, c'est un signe qu'il y passera la nuit; s'il se refuse à cette cérémonie, il ne veut alors qu'un rafraîchissement et ne demande point à loger. Les voyageurs qui arrivent le matin, sont distraits jusqu'au soir par la conversation de jeunes femmes aimables et par des accords de harpes, car il se trouve à cet effet spécial des femmes et des harpes dans toutes les maisons. Vers le soir, lorsqu'on ne s'attend plus à voir venir de convives, on prépare un repas, toujours en proportion du nombre et de la dignité des assistans, comme de la fortune de la famille qui le donne. Ce repas ne se distingue point par la multiplicité ou l'apprêt recherché des mets; on sert d'abord tous les plats à la fois, à l'imitation sans doute des Romains, et les convives se placent, non pas deux à deux, comme en certains endroits, mais trois à trois, sur des roseaux ou du foin nouveau. On offre aussi, en guise d'assiette, un gâteau mince et large de pain, sur lequel chacun place sa viande. Quoique tous les autres membres de la famille soient occupés du soin des convives, le maitre et la maitresse se tiennent debout pour surveiller tout; ils ne commencent à manger à leur tour, que lorsque tout le monde est rassasié. Le repas terminé, on dresse, sur les côtés de la chambre, un lit de roseaux, recouvert ensuite d'une espèce de gros drap fabriqué dans le pays, et appelé *brychan*, sur lequel toute la compagnie se couche. Le costume de ces habitans, pour la nuit, ne diffère point de celui qu'ils portent le jour; il consiste, pour toute saison, en un simple manteau et un vêtement de dessous.

Les hommes, comme les femmes, portent les cheveux très-courts, et à la mode des Spartiates; les femmes ont sur la tête un grand voile bien replié en turban. Les individus des deux sexes surpassent tous ceux des autres nations, pour les soins continuels qu'ils ont de leurs dents. Ils les rendent blanches comme l'ivoire, en les frottant perpétuellement de noisetier verd avec un morceau de drap; pour mieux les conserver, ils s'abstiennent de rien manger de trop chaud. Les hommes se rasent toute la figure, à l'exception de leurs moustaches, qu'ils laissent croître.

On connaît, dans le pays de Galles, trois différens instrumens, la harpe, le chalumeau et le *Crowd* ou *Crwth*. Dans les concerts, les musiciens ne jouent pas en unisson, comme dans tout autre pays; mais chacun d'eux exécute sa partie, qui diffère de celle des autres; aussi, dans de simples réunions, on entend autant de morceaux et de voix que l'on compte de musiciens; cependant, vers la fin du concert, les voix se marient aux instrumens.

Dans les assemblées publiques et particulières, les personnages les plus marquans déploient beaucoup d'enjouement, dans l'intention de plaire à leurs auditeurs et de se faire en même temps honneur; leur esprit est quelquefois très-vif, très-gai, et plus souvent même très-satirique. Les individus de cette nation, depuis les premiers jusqu'aux derniers, ont reçu de la nature une rondeur, une franchise singulière: il n'est point un homme qui soit embarrassé de répondre à son chef, à son prince, qui ne lui parle avec noblesse et assurance.

On trouve, dans le pays de Galles, certains personnages qu'on appelle *Awenyddion*, ou gens inspirés; lorsqu'on les consulte sur quelque événement douteux, ils poussent des cris horribles, et paraissent comme possédés du démon. Ils rendent leurs oracles par des phrases courtes, assez insignifiantes, mais exprimées d'une manière fort élégante. Pendant ce temps, celui qui vient consulter ces sorciers tâche de deviner le sens de leur réponse, d'après leur geste, qu'il interprète à sa guise. Ces devins sortent ensuite de leur extase comme d'un profond sommeil; on leur fait reprendre l'usage de leurs sens au moyen de violentes secousses qu'on leur donne, et en définitif ils ont oublié tout ce qu'ils ont dit en prononçant les oracles.

Rien de plus estimé dans le pays de Galles, que la noblesse; d'après cela, on cherche à s'allier à des familles plutôt nobles qu'opulentes. Les gens même du commun conservent avec soin le tableau de leur généalogie. Ils apprendront à tout venant le nom de leurs pères, grands-pères, de leurs aïeux, jusqu'aux sixième et septième générations, et quelquefois au-delà.

Les habitans du pays de Galles n'habitent ni des villes, ni des villages, encore moins des châteaux. Leur vie se passe dans les forêts, au bord desquelles ils se construisent des habitations avec des branches d'arbres, qui n'exigent pas grands frais d'architecture, et qui durent ordinairement l'espace d'une année. Ils ne cultivent ni vergers ni jardins; la plus grande partie de leurs terres est consacrée au pâturage; ils labourent le surplus, qu'ils parent de temps en temps de quelques fleurs. Leur charrue est d'ordinaire attelée de quatre bœufs, et le laboureur marche à reculons devant eux; aussi, lorsqu'il s'en trouve de mutins, est-il souvent exposé. Ils se servent, au lieu de faucille, d'une lame de fer assez petite, à chaque bout de laquelle s'adapte un manche de bois. C'est avec de l'ozier qu'ils construisent les bateaux sur lesquels ils traversent les rivières ; ils sont de forme triangulaire, doublés en dedans et en dehors de peaux épaisses : aussi, lorsqu'ils vont à la rivière, ou qu'ils en reviennent, les pêcheurs portent leurs bateaux sur leurs épaules.

L'EXCUSE PARDONNABLE.

Un ecclésiastique irlandais, accusé de tenir une conduite scandaleuse, fut amené devant son chef, qui le prit à part et lui montra, pour le convaincre, des dénonciations de ses propres compatriotes. « Ah! Monsieur, reprit l'ecclésiastique irlandais, c'est que vous ne connaissez « pas nos coutumes ; quand un Irlandais est à la broche, il est

« d'usage qu'il se présente tout de « suite un Irlandais pour le tourner.»

REPAS ANGLAIS.

En 1740, Georges Névil, frère du comte de Warvick appelé *le faiseur de rois*, donna, en son palais archiépiscopal, à Yorck, un festin prodigieux au clergé, à la grande et à la petite noblesse. L'état de sa dépense, conservé à la tour de Londres, est on ne peut plus curieux; le voici tel que je vais le rapporter.

État de Dépense.

300 quarters de bled (mesure anglaise qui tient huit boisseaux de froment), 300 tonneaux de bière, 104 tonneaux de vin, une pipe de vin de liqueur (la pipe contient deux bariques), 86 tauraux sauvages, 80

bœufs gras, 1004 moutons, 300 cochons, 3000 veaux, 2000 chapons, 300 cochons de lait, 100 paons, 200 grues, 2000 poulets, 4000 pigeons, 4000 lapins, 204 butors, 4000 canards, 400 hérons, 200 faisans, 4000 bécasses, 400 pluviers, 100 courlieux ou courlis, 100 cailles, 100 aigrettes, 200 raies, plus de 400 dains, daines et chevreuils, 1056 pâtés chauds de venaison, 2000 pâtés froids, 1000 plats de gelée coupée, 4000 plats de gelée consolidée, 4000 flancs froids, 2000 flancs chauds, 300 brochets, 300 brêmes, 8 veaux marins, 4 marsoins et 400 tartres.

Pour préparer et servir le festin, on employa mille domestiques, soixante-deux cuisiniers et cinq cent douze marmitons.

Tout varie en ce monde; sept ans après, le roi Édouard IV saisit le temporel de cet archevêque; il l'envoya prisonnier en France, où il fut retenu dans les fers, et l'homme qui avait donné un pareil repas mourut dans la misère.

On peut réunir à ce festin l'invitation de l'amiral Russel, commandant en chef des armées navales du roi d'Angleterre, aux officiers et aux équipages de sa flotte, de venir boire un bol de punch de sa façon. Il avait fait construire, à cet effet, un bassin de marbre de Lisbonne, au milieu d'un très-beau jardin. On y versa, par ses ordres, 600 bouteilles d'eau-de-vie de cognac, 1200 bouteilles de vin de Malaga, 600 bouteilles de rhum, 4 tonneaux d'eau bouillante, le jus de 2600 citrons, 600 livres de sucre et 200 noix muscades rapées. Un jeune mousse, représentant Hébé, voguait autour du bassin, dans un petit bateau de bois d'acajou, et versait à boire à plus de six mille buveurs assis sur des bancs, qu'on avait rangés en amphithéâtre autour du bassin. Russel éprouva un sort plus cruel encore que Georges Névil. Il fut accusé de malversations, et il eut la tête tranchée.

PROVERBES ANGLAIS.

L'oisiveté ressemble à la rouille, et elle use plus que le travail; la clef dont on se sert est toujours claire.

Le manque de soin fait plus de tort que le manque de savoir.

Le dissipateur se dit à lui-même : Il est jour et il ne sera jamais nuit.

L'orgueil est un mendiant qui crie

aussi haut que le besoin, et qui est infiniment plus insatiable.

Il en coûte plus cher pour entretenir un vice, que pour élever deux enfans.

Si tu achètes le superflu, tu vendras bientôt le nécessaire.

Les enfans et les fous s'imaginent que vingt francs et vingt ans ne peuvent jamais finir.

Voulez-vous savoir ce que vaut l'argent? essayez d'en emprunter.

QUI PERD GAGNE.

On rapportait à un Anglais, homme d'esprit, qu'un gentilhomme était beaucoup engraissé depuis la mort de son épouse. « Il a gagné en « chair, répondit-il, ce qu'il vient « de perdre en os ».

LA FOIRE DE FAIRLOP.

La foire de Fairlop, dans la forêt d'Hainault, à quelques mille de Londres, se tient tous les ans le 5 juillet. Voici comme on raconte l'origine de cette fête, qui ressemble à-peu-près à toutes nos foires des environs de Paris. Un chêne, dont le tronc a trente-six pieds de circonférence, et dont l'ombrage s'étendait autrefois à une distance de trois cents pieds, exista de toute éternité au milieu de la forêt d'Hainault. Un original, M. Day, avait coutume d'aller, depuis très-long-temps, faire sous cet arbre, une fois chaque année, un dîner d'amis, composé de fèves de marais et de lard. On le remarqua, et *John Bull* se mit dans la tête d'aller aussi dîner, une fois tous les ans, à Fairlop. Telle est l'origine primitive de cette foire qui attire, le 5 juillet, dès le matin, tous les curieux de Londres; la forêt n'est remplie, ce jour-là, que de calèches, de chevaux, de charrettes. La foire se tient dans une enceinte, qu'on peut comparer au carré du jeu de paume des Champs-Élisées. Plus de cinq cents petites tentes sont dressées vis-à-vis l'une de l'autre et tout autour de l'enceinte. Ici l'on vend des bombons, plus loin du thé; de ce côté sont des voltigeurs aussi lourds que grotesques; là des magiciennes moins habiles que Mlle Lenormand; enfin, sous mille baraques, on boit, on mange; c'est une orgie dégoûtante, qui divertit fort les jolies myladis venues tout exprès pour assister à ces réjouissances. Un coup d'œil vraiment assez beau est celui de plusieurs grands chars faits en forme de vaisseaux, vraiment peints et décorés de manière à s'y méprendre. Ils sont montés sur des roues qu'on n'aperçoit qu'à peine, et traînés par huit superbes chevaux, qui les font voler dans l'enceinte de Fairlop avec la rapidité de l'éclair. Chaque vaisseau, armé de drapeaux flottans, a ses rameurs qui paraissent fort affairés sur le pont, tandis qu'une troupe de musiciens exécute des airs badins ou guerriers. Ces chars, venus de Londres, s'en retournent le même soir; leur aspect a quelque chose de fort singulier. Pour en revenir à M. Day, il se creusa un cercueil dans une des branches du chêne, et il le garda plusieurs années chez lui. Des gens, mal intentionnés sans doute, racontent la chose différemment. A les entendre, la foudre tomba sur l'arbre, appelé *Fairlopoac*; elle le dépouilla de ses feuilles, le brûla en partie, et les Anglais, en mémoire de cet événement, instituèrent la fête en question.

LE GÉNÉREUX VOLEUR.

Un particulier assez bien mis fut attaqué, la nuit, auprès de Londres, par un voleur qui lui demanda la bourse. « Si j'avais de l'argent, ré-« pondit le particulier, ce n'est pas « vous qui auriez la peine de me « l'enlever. Mes créanciers me font « poursuivre pour 20 livres sterling : « je n'ai pas un sol ; je cherche un « asile, et je suis bien sûr de n'en « point trouver. Vous vous trompez, « répliqua froidement le voleur; trou-

« vez-vous ici, demain matin, à neuf « heures, ajouta-t-il, en lui mon- « trant une maison peu éloignée, et « vous verrez qu'il y a encore en « Angleterre des ames généreuses et « sensibles au malheur. » Tous deux furent exacts à l'heure du rendez-vous. Le voleur donna au débiteur insolvable 50 livres sterling, en l'exhortant à aller payer sa dette et les frais de la justice; puis il se déroba sur-le-champ même aux témoignages de sa reconnaissance.

LA PREUVE D'AMITIÉ.

On sait que la noblesse d'Angleterre n'excelle pas moins que le peuple dans les combats à coups de poing. Un chevalier baronnet, le premier lutteur du royaume dans son temps, donna un livre sur l'utilité de cet art. Il enseignait même gratis à ceux qui voulaient bien recevoir ses leçons. Un seigneur du voisinage de la terre qui lui appartenait, étant venu lui rendre visite, et s'entretenant avec lui sur la lutte, le chevalier le saisit par derrière et le jeta par-dessus sa tête. Celui-ci, un peu froissé de sa chute, se releva en colère. « Milord, lui dit le baronnet d'un ton grave, il faut que « j'aie bien de l'amitié pour vous, « vous êtes le seul à qui j'aie montré « ce tour-là. »

LE PARI CHARITABLE.

On pourrait remplir un volume des paris extravagans qu'on propose et qu'on accepte en Angleterre, dans l'espace d'un an. Faire des paris est un goût, une fureur, une rage ; le plus plaisant de tout, c'est le respect religieux avec lequel les individus, qui prennent part au pari, s'opposent à tout ce qui pourrait nuire à son dénouement. Nous allons en citer un seul exemple qui en vaudra mille.

Un homme vint à tomber dans la Tamise; il se débattait et cherchait à nager, mais il n'était pas fort habile. Atteindra t-il le bord? se noiera-t-il? voilà tout de suite un pari. On propose 20 guinées pour soutenir qu'il se sauvera; le pari est accepté. D'autres surviennent, se multiplient, et, en moins de cinq minutes, des sommes considérables étaient déjà placées sur la tête du pauvre nageur. Sur ces entrefaites, il est aperçu de deux bateliers, qui s'avancent vers lui dans l'intention de le sauver. Il y a un pari ! il y a des paris ! s'écrie-t-on de tous côtés. A ces mots magiques, les bateliers s'arrêtent, l'infortuné est noyé et le pari gagné.

PRÉSENCE D'ESPRIT.

On donnait, le 4 décembre 1801, au théâtre de Drurylane, une représentation de la tragédie de Yung, intitulée *la Vengeance;* vers le milieu du quatrième acte, il s'établit, dans la galerie, une conversation à voix haute, qui troubla le spectacle et empêcha d'entendre les acteurs. M. Kemble, qui jouait le principal rôle, se voyant interrompu dans un moment intéressant, s'arrêta, et, s'adressant aux spectateurs avec beaucoup de calme et de dignité, dit : « Mesdames et Messieurs, nous ne « pouvons assez vous témoigner com-

« bien nous sommes reconnaissans de « l'honneur que vous nous faites par « votre présence, mais à un tel prix « l'objet de votre visite serait abso- « lument frustré; nous vous prions « donc de vouloir bien nous favoriser « d'un peu plus d'attention. » Ce discours fut accueilli par des applaudissemens universels et rétablit la tranquillité dans la salle.

TRAIT D'HUMANITÉ.

Un alderman de Dublin venait de dîner chez le maire. Il s'en retournait tranquillement chez lui presqu muni d'une indigestion. Une pauvre femme l'accoste en lui demandant la charité, pour elle et ses cinq petits enfans, qui mouraient de faim. « Goddam! s'écria l'alderman avec « l'accent du dépit, je vous donne-

« rais de bon cœur 50 guinées « pour avoir aussi faim que vous. « Hélas ! je ne suis point assez heu- « reux pour cela » ; et il ne lui fit pas l'aumône d'un farthing.

LE REPENTIR.

Un ministre du culte anglais, accompagnant un patient au gibet, lui disait : « Êtes-vous bien repentant « des vols que vous avez commis et « qui vous conduisent à la potence? « — Oui, sans doute, répliqua ce- « lui-ci ; mais ce qui m'afflige le plus, « c'est qu'ils n'ont pas été assez con- « sidérables pour me fournir de quoi « corrompre mes juges. »

DATE GÉNÉALOGIQUE.

Un Anglais de la classe du peuple se vantait à un autre de l'antiquité de sa famille. « Bah ! reprit le dernier, je suis sûr qu'aucun de tes « ancêtres n'est représenté en effigie « dans la chapelle de Westminster, « comme on y voit mon grand-père? « — Qu'était-il ton grand-père ? — « Il était cocher de M. Thyuness ; tu « peux le voir sur la frise de son « tombeau sculpté en bas-relief, assis « sur son siège, tandis que des scélé-« rats assassinent son maître. »

L'ORGUEIL BIEN PLACÉ.

Un voleur de grands chemins et un ramoneur, convaincus d'un vol domestique, ayant été condamnés à mort en même temps, le voleur public, richement habillé, monta le premier sur l'échafaud, et parut apporter la plus grande attention aux exhortations du ministre qui l'assistait. Le ramoneur s'approcha de lui pour en profiter. « Retire-toi, lui dit « le voleur de grands chemins, et « apprends à te connaître. — Je ne « veux pas, dit l'autre en avançant « plus près, j'ai autant de droit que « toi d'être ici peut-être. »

LA GUIRLANDE
DE LA LAITIÈRE.

On célébrait autrefois les fêtes de mai, dans toute l'étendue de l'Europe, avec une magnificence inconnue de nos jours. Elles tirent leur origine des *Floralia* des payens, jeux en l'honneur de la déesse Flore, qui avaient lieu pendant les quatre derniers jours d'avril et le premier mai. De là cette coutume de cueillir des fleurs et des branches vertes, de parer l'arbre de mai pour danser à l'entour. On choisit une dame ou reine de mai ; on salue enfin l'aurore naissante de ce jour par des chants d'allégresse.

La coutume de célébrer le jour de mai, bornée maintenant à la populace, était jadis observée par les plus grands personnages, par les princes eux-mêmes, qui partaient ce jour-là de bonne heure pour cueillir des bouquets et des branches fleuries. Le roi Henri VIII prenait aussi part à cette récréation avec la reine et les courtisans. Un historien anglais nous apprend que dans ce mois les citoyens de Londres de tous les états s'assemblaient autour de l'arbre de mai avec un appareil guerrier, des archers, des danseurs, des instrumens de musique; que le jour s'étant ainsi passé en divers amusemens, on donnait vers le soir de petites pièces de comédie, et que la fête se terminait par des feux de joie dans tous les quartiers.

Les jeux de mai variaient souvent; cependant le seigneur et la dame, représentés par un couple heureux, étaient toujours des caractères obligés. Ainsi, en 1557, on remarqua, dans Fench-Street, des tambours, des fusils, des piques et neuf preux à cheval. Chacun de ces messieurs faisait son petit discours; on exécutait une danse moresque, dans laquelle figurait un éléphant avec sa tour. La dame et le seigneur de mai fermaient la marche.

La guirlande de la laitière a pris assurément naissance de ces jeux de mai. Le premier de mai et les cinq ou six jours suivans, toutes les plus jolies petites laitières de campagne, qui fournissent la ville, empruntent une quantité de vaisselle d'argent, dont elles construisent une pyramide ornée de rubans et de fleurs, et qu'elles portent sur la tête, en place de leurs pots au lait; vêtues avec beaucoup d'élégance, elles vont ainsi en procession chez toutes leurs pratiques, accompagnées d'une cornemuse et d'un violon, et se mettent à danser devant chaque porte, au milieu d'une troupe de jeunes gens attirés par ce spectacle bizarre. Tout le monde leur donne une petite pièce de monnaie. « On voit à présent, « dit le Spectateur, la laitière au teint « fleuri, chargée d'une pyramide « d'argenterie : comme la vierge « Tarpéia, elle fléchit sous le poids

« des précieux ornemens dont l'ac-
« cablent ses bienfaiteurs. »

Cependant on peut dire que le sceau de lait servait toujours de base à la pyramide, et que les coupes d'argent y étaient suspendues ensemble avec les rubans, fleurs, etc. Dans les gravures intitulées *Cris de Londres*, la joyeuse laitière danse avec le pot au lait sur la tête.

Aujourd'hui la guirlande de la laitière est portée par deux porteurs de chaise, sur un cheval de bois; elle est ordinairement d'une forme pyramidale et de la hauteur de sept à huit pieds. L'argenterie, les rubans sont arrangés à l'entour, et le tout est couronné d'un grand vase. Les laitières marchent en avant, et toutes les fois que l'espoir d'une petite gratification se présente, elles s'arrêtent pour danser, en déposant la guirlande.

L'INSULTE RIPOSTÉE.

Un maître d'école de village, qui jadis avait été barbier, disputait un jour, avec le vicaire du lieu, sur un point de grammaire. « L'expression « que vous justifiez, lui dit le vicaire, « est un gros barbarisme. — Un bar« barisme, reprit le pédagogue, pré« tendez-vous insulter à mon ancien « état. Apprenez qu'un barbier parle « aussi bon anglais qu'un vicaire. »

L'ENFANT TARDIF.

Un boucher d'Irlande, nommé Law, ayant eu, à l'âge de 98 ans, une fille, elle se trouva en naissant tante, grande-tante, et arrière-grande, tante de plus de cent hommes, femmes et enfans, et de plus sœur d'un homme de 80 ans, qui était le fils aîné de Law.

LA PUNITION BIEN UTILE.

Un officier de Sainte-Bride accusa un jour Margaret Nicols d'avoir mené une conduite très-repréhensible dans la nuit précédente, disant qu'elle ne se contentait pas d'insulter le monde, mais qu'elle parcourait les rues dans un état d'ivresse, en criant, blasphémant, et battant tous ceux qui se trouvaient sur son passage. Il n'y avait pas plus de trois jours qu'elle était sortie de Bridewell, hôpital consacré d'un côté aux indigens, de l'autre aux coureurs de nuit, aux vagabonds, etc. Ces derniers sont obligés de battre du chanvre, et souvent il arrive qu'on les fouette par-dessus le marché. La dame dont nous parlons y avait été enfermée plus de vingt fois, et son juge, sir W. Dourville, la condamna à retourner pour un mois à sa résidence ordinaire. Avant de sortir elle s'écria : « Que le diable emporte cet officier ; « quand je serai sortie, je ferai son « affaire. »

LES DEUX BRAVES.

Un officier anglais, d'une bravoure éprouvée, fut appelé en duel par un officier écossais, pour quelque insulte à la nation de celui-ci. Arrivé sur le champ de bataille, l'Anglais demande à l'autre pour quel sujet ils allaient se battre. « C'est, répondit l'Écossais, « pour mon honneur et celui de mon « pays. — Non, reprit l'Anglais, c'est

« pour ce bout de corde (et il en tira « une en même temps de sa poche) « qui attend celui de nous deux qui « tuera l'autre. Allons, monsieur, « l'épée à la main. » Cette observation si juste eut sur l'Écossais un si puissant effet, qu'au lieu de tirer l'épée il sauta au cou de son antagoniste. Ces deux hommes braves, envisageant le duel sous son vrai point de vue, conservèrent leur sang pour le service de leur patrie.

AVIS INTÉRESSANT.

VINGT guinées de récompense. — Grande alarme à Cavendish-Squer. Lady S... vient d'apprendre la fuite de son singe Cicero, qui a décampé avec une femelle de la même espèce, qu'avait apporté dans son manchon la duchesse de ***. On a envoyé le même jour, des courriers sur toutes les routes, à la poursuite des fuyards. On dit tout bas que cette grande dame eût été bien moins inconsolable de la fuite de son mari, s'il se fût mis en tête de prendre la place du singe.

(Extrait d'un Journal anglais.)

L'ORATEUR A LA POTENCE.

Un voleur de bestiaux, nommé Makkin, ayant été condamné à la potence, fit annoncer dans les journaux qu'il prononcerait, le jour de son exécution, un discours digne d'être entendu. Aussi le concours du peuple fut prodigieux. En montant à l'échelle, il se mit à dire : « Ah ! « m'y voilà, à la fin. » Se tournant ensuite vers les spectateurs : Ne « vous pressez pas, s'écria-t il, on « entendra de loin comme de près ; »

puis il contina ainsi : « Messieurs, « j'ai commis tous les crimes, excepté « le meurtre. » Un homme de la foule l'interrompit en lui disant : « M. Makkin, pourriez-vous me « donner des nouvelles de ma jument « grise ? — Supposé que je le fasse, « me feras-tu dire une messe ? — « Oui, sur mon Dieu ! — Eh bien, « je te remercie, je n'en ai pas be- « soin, j'ai eu l'absolution ce matin. » Un instant après, il pria le Schériff de le laisser descendre pour satisfaire un petit besoin. Cette grâce lui ayant été refusée : « Hé bien, lui dit-il, « personne n'entendra mon dis- « cours. » A ces mots, il fit ses adieux au public et se précipita lui-même dans l'éternité.

La mère du criminel, âgée de plus de 70 ans, vint couper la corde qui suspendait son fils, et alla chez le docteur Shéridan pour lui demander un drap mortuaire. Quelques personnes, qui se trouvèrent chez lui, firent entre elles une somme assez forte qu'elles lui donnèrent. La mère Makkin, enchantée du succès de sa démarche, combla la compagnie de bénédictions, et s'en alla en disant : « Mon pauvre Jacques m'a toujours « porté bonheur. »

ANCIENNE COUTUME.

L'Heaving ou *Lifting* (soulèvement). C'est une coutume qu'on suppose avoir existé autrefois parmi toutes les classes du royaume ; et, quelque étrange que cela paraisse, il est constant qu'on avait originairement cherché à figurer, par cette cérémonie, la résurrection de N. S.

Il paraît que cette coutume existait du temps d'Édouard Ier. On lit en de vieux manuscrits que « le mardi de « Pâques, sept dames d'honneur de la « reine enlevaient le roi dans son lit, « comme prisonnier ; le trésorier de « S. M. comptait alors 14 schelings « à ces dames, apparemment à titre « de rançon. »

Le mode de cette cérémonie varie suivant les cantons ; mais en général les hommes soulèvent les femmes le lundi de Pâques, et le lendemain les femmes prennent leur revanche. A Manchester, à Boston et autres villes de Lancashire, des troupes se forment et entourent tout ce qui est d'un autre sexe ; alors, bon gré, mal gré, elles prennent par les bras et les jambes les pauvres diables ou diablesses, les soulèvent dans une position horizontale, en poussant chaque fois de grands cris. Ce n'est pas tout : après avoir été bien secoué, balotté, soulevé, il faut payer encore une petite somme en guise de rançon. A Manchester, les magistrats ne cessent de défendre cette coutume indécente, qui existe toujours aux environs de la ville. Dans le Cheshire, les hommes s'en vont avec une chaise dans toutes les maisons où ils peuvent pénétrer. Ils forcent alors les femmes à s'asseoir, les soulèvent toutes l'une après l'autre avec de grandes acclamations. Ils demandent ensuite pour récompense un baiser; celles des dames modestes qui veulent se soustraire à ce tribut délicat, sont tenues d'en donner le représentatif en argent. Le jour suivant aussi, les femmes ont le même privilège et en usent avec autant de licence. Un Anglais rapporte à ce sujet l'anecdote suivante : « Je déjeûnais tout « seul à Talbot, en Schrewbury, le « mardi de Pâques, lorsque je vis « tout à coup entrer une douzaine de « servantes qui portaient une chaise « à bras couverte de satin blanc et « garnie de rubans. Je leur demandai « ce qu'elles voulaient. — Vous sou-« lever, me répondirent-elles, c'est « l'usage du pays ce jour-ci, et nous « espérons que vous allez vous asseoir « sur cette chaise. Il était impossible « de résister à une invitation faite « avec tant de modestie par une « troupe de jeunes filles bien parées « et dont plusieurs ne comptaient pas « vingt ans. Je voulais être initié « dans les mystères de cette petite « cérémonie, et je pris place en

« conséquence. Ce joli groupe me « souleva, fit tourner la chaise en « l'air, et j'eus le bonheur d'être enfin « embrassé par toutes ces jeunes filles. « Il faut sans doute, leur dis-je, vous « payer des baisers que je viens de « recevoir. Elles me répondirent af- « firmativement. Je satisfis à leur « demande, et elles se retirèrent « pour aller rançonner d'autres voya- « geurs. Je n'avais pas jusqu'alors en- « tendu parler d'une semblable cou- « tume.... mais j'en appris plus en un « jour que pendant trente ans de ma « vie ».

L'OCCUPATION IMPORTANTE.

Qui est-ce qui est là? s'écriait un contre-maître dans l'entre-pont d'un vaisseau marchand. — C'est moi, ré- pondit le mousse Will. — Et que fais-tu ? — Rien, monsieur. — Tom est-il là ? — Oui, monsieur, répliqua Tom. — A quoi t'occupes-tu ? — J'aide Will, monsieur.

LE BON PÈRE.

Une petite fille de dix ans, appartenant à un journalier, avait de très-belles dents. L'homme d'affaires d'un gentilhomme voisin conçut l'idée de faire arracher les dents de cette pauvre enfant pour servir d'ornement à la bouche de sa propre fille. Le père de la jeune fille consentit à recevoir 10 schellings pour prix de cette exécution ; et la malheureuse tremblait à l'approche du supplice dont elle se voyait menacée, lorsque heureusement pour elle, grâce aux remontrances d'une personne charitable, cet infâme marché entre le riche impitoyable et l'avide pauvreté n'eut pas lieu.

TRAIT D'UN AGIOTEUR.

Un fameux agioteur, nommé *Taylor,* avait au moment de sa mort 100,000 livres sterling; mais il était si avare qu'à peine se donnait-il le stricte nécessaire. Quelques jours avant son décès, il envoya chercher les officiers de sa paroisse. Ceux-ci trouvèrent ce misérable vieillard sur un grabat, mangeant une mince tranche de lard frit avec une pomme de terre; il les invite à partager son repas. L'un d'eux accepte. L'avare dit alors à sa cuisinière de lui apporter une seconde tranche de lard. « Monsieur, lui répond-elle, il n'y a « plus rien dans le garde-manger. » Voilà Taylor fort en colère. « Il

« fallait, dit-il, faire provision d'un « quarteron de lard, pour le couper « en tranches toutes les fois qu'il « viendrait du monde dîner avec « moi. » Il apprend ensuite aux officiers qu'il leur a laissé, par son testament, 1000 livres sterling (1000 louis). « Mais, reprit-il vivement, si « je vous payais cette somme de « suite, ne m'accorderiez-vous pas « un escompte? » Pour la rareté du fait, les officiers y consentirent; aussitôt, tout joyeux, il tire un bon de 950 livres sterling sur son banquier, et le leur donne. Le lendemain il expira.

L'AVANTAGE DU BOXAGE.

Le célèbre Jackon, professeur de boxage, avait attiré à son spectacle une foule de jeunes gens et de dames anglaises. Le fils de M. R***, négociant de la cité, ayant voulu se distinguer dans ce noble exercice et donner aux spectateurs un échantillon de son talent, il en résulta que son adversaire lui creva l'œil droit. Mais il fut bien récompensé de ce léger accident par l'intérêt que lui témoignèrent toutes les personnes qui assistaient à cette séance. Nullement intimidé de ce malheur, il proposa sur-le-champ de risquer son dernier œil dans une autre séance, en observant qu'il était fâché d'avoir été vaincu par un aussi faible champion que son adversaire, et que ce n'était rien que la perte de deux yeux pour un vrai boxeur.

GASCONNADE ANGLAISE.

Un officier anglais étant accusé, devant une cour martiale, de poltronnerie, dit qu'il n'avait pas fui par peur devant l'ennemi ; que la vie était un bien qu'il ne craignait nullement de perdre, s'il n'avait pas la curiosité de prouver combien le corps, cette guenille humaine, pouvait durer.

LA CRAINTE DE MOURIR.

Un particulier ayant été voir ses parens dans le nord de l'Angleterre, en fut si bien accueilli, ils le firent tant boire, tant manger, qu'il se crut obligé de les quitter plus tôt qu'il ne s'y était attendu. Lorsqu'on lui en demanda la raison, il répondit gravement : « Si je restais encore un mois avec eux, je suis sûr que je ne serais « pas au monde dans quinze jours. »

ÉVÉNEMENT SINGULIER.

Une nuit que le charriot de Cheshunt avait quitté Londres ayant un grand nombre de femmes et d'enfans pour voyageurs, le conducteur fut bientôt alarmé par les cris d'une des femmes qui étaient dans sa voiture. Il en demanda la raison. Il apprend qu'étant endormie, la malheureuse avait perdu son enfant, qu'on supposa s'être glissé d'entre ses bras et être tombé de la voiture. Le conducteur s'arrête, tandis que la mère désolée reprend, avec deux hommes, le même chemin qu'on avait parcouru, pour rechercher l'enfant. En route ils rencontrèrent une diligence et une charrette qui ne leur en donnèrent point de nouvelles. Ils avancèrent encore l'espace d'un mille, et trouvèrent ce petit infortuné couché sur le milieu de la route et sans autre mal qu'une légère contusion. Assurément le ciel veillait sur ses jours.

LE CALCUL.

Un Irlandais se plaignait de la taxe énorme à laquelle il avait été imposé. « Je paye aujourd'hui le douzième de « mon revenu au roi, disait-il; mais « je suis persuadé que, si la guerre « continue, j'en paierai le ving- « tième. »

LA NOUVELLE CHAISE A PORTEUR.

Un matelot, qui avait reçu sa paye la veille, et passé la nuit à courir les rues de Londres en voiture, avec un violon qui jouait devant son char de triomphe, s'avisa d'un tour assez bizarre dans le marché de *Covent-Garden*. Une femme lui ayant demandé s'il avait quelque chose à porter : « Oui, sans doute, lui ré« pondit-il, portez-moi dans quelque « endroit pour déjeûner. » La femme convint de le prendre dans sa hotte, et de le porter dans un café de *Hig-Street*. Le matelot, après avoir allumé sa pipe, monta dans le pannier, et se tint assis, les jambes croisées, sur le dos de la porteuse. On se figure le nombre de spectateurs qu'attira cet attirail grotesque. Arrivée à l'endroit indiqué, la femme dépose son fardeau; le matelot, tout rayonnant de gloire, lui compte une livre sterling (un louis), et lui paye en outre une demi-bouteille de rhum, qu'ils boivent ensemble à la santé des curieux qui les entouraient.

OBSÈQUES ORIENTALES.

Un Lascar arrivant de Bombay, mourut dernièrement dans le port de Liverpool. Ses camarades lui rendirent les derniers devoirs à la mode orientale. La nouveauté de cette cérémonie attira une foule innombrable de spectateurs au cimetière de l'église Saint-Jean. Voici le détail de ces obsèques. On porta, sur une planche en guise de cercueil, le corps enveloppé d'une voile et couvert d'un drap mortuaire de soie rouge. La procession, ayant douze Lascars en tête; s'avança de la sorte vers le lieu de la sépulture. On leur ferma d'abord les portes au nez; mais ayant enfin obtenu la permission d'entrer, les camarades du défunt creusèrent une fosse d'environ un pied de profondeur; mais l'ouverture se trouvant trop petite pour recevoir le corps, ils se mirent alors à sauter par-dessus, à pieds joints, pour le faire entrer; ensuite chacun d'eux lui prit la main en lui disant adieu pour toujours.

MORTALITÉ D'UNE ANNÉE A LONDRES.

Il est mort à Londres, l'année dernière, d'apoplexie, 421 individus; de l'asthme, 680; de la consomption, 420; de l'hydropisie, 792; d'inflammation, 953; de la rougeole, 711; de la gangrène, 306; de la petite vérole, 723; 232 femmes sont mortes en couche; la vaccine n'a tué personne. Cette liste de décès est bien loin d'être complette. Si nous voulions parler des Anglais et des Anglaises que l'ennui, le poison, l'amour, la corde, le fer, l'eau, mais surtout les liqueurs fortes et le libertinage, conduisent annuellement au tombeau, nous épouvanterions nos lecteurs.

L'EXCÈS DE PROBITÉ.

Un Irlandais, M. B***, était dans son château, quand un homme bien mis se présenta et demanda à lui parler. Le domestique dit que son maître était occupé; mais l'inconnu persistant, lui répondit qu'il avait des choses de conséquence à communiquer à son maître, et fut introduit dans un cabinet dont il ferma bien la porte. Ensuite, s'adressant à M. B*** : « J'ai des affaires, lui

« dit-il, de la plus haute importance « à vous communiquer, monsieur; « mais elles exigent un secret in- « violable. » M. B*** le lui promit « sur l'honneur. « Ce n'est pas assez, « continua l'inconnu, jurez-le moi « sur la Bible; » et en ayant tiré une de sa poche, M. B*** fit le serment qu'on exigeait de lui. « A présent, « ajouta le voleur, vous allez savoir « mon secret. Il me faut 800 guinées, « donnez-les moi sur-le-champ, ou « vous êtes un homme mort. » Il appuya ce dernier argument d'un pistolet armé, et reçut de M. B*** la somme qu'il venait de demander. Le fripon prit tranquillement les guinées, fit une profonde révérence et rappela à M. B*** le serment qu'il venait de faire. Cet honnête homme l'a gardé inviolablement, et ce ne fut qu'après sa mort qu'on apprit cette aventure, qui se trouva consignée dans ses papiers.

RIDING THE STANG.

ANCIENNE COUTUME.

Dans tous les pays, la populace contracte des coutumes souvent contraires á la décence et au bon ordre. Dans ses momens d'effervescence, et lorsque la police est inactive, elle les pratique alors publiquement. De ce nombre est la punition ignominieuse connue en Angleterre sous le nom *Riding the stang*, qui signifie : *Aller à cheval sur une perche.* On forçait, en effet, le patient à se placer de cette manière sur une longue perche, soutenue par les deux bouts sur les épaules de plusieurs hommes, au milieu d'une foule de monde et au son des violons et des tambours. Quant aux femmes, à la place d'une perche, on se servait d'un grand panier, que l'on portait également sur les épaules, avec les mêmes cérémonies.

Selon le docteur Jamiéson, le *Riding the stang* serait le dernier vestige d'une très-ancienne coutume des Goths; ce peuple était dans l'usage d'élever sur la perche de l'infamie ceux qu'il jugeait digne de ce châtiment, en vomissant contre eux les plus horribles imprécations. La personne ainsi punie se nommait *Riding*, ou infâme, et perdait le droit de prêter serment dans aucune affaire.

La même coutume paraît avoir été connue en Scandinavie. Calender observe qu'en Écosse le *Riding the stang* est la punition la plus infamante. Celui qui l'a subie regagne très-rarement l'estime de ses voisins. Lorsqu'on ne peut se saisir de la personne du coupable, on met, pour tenir sa place sur la perche, un jeune homme qui proclame à haute voix qu'il n'est pas là pour son compte, mais pour remplacer un tel individu, qu'il nomme.

On se sert encore, dans quelques collèges de l'université de Cambridge, du mot *stang*. Mettre les écoliers au stang, c'est les faire monter à cheval sur une perche, pour avoir manqué d'aller à l'église. Dans le Lothian, et peut-être en d'autres pays, l'individu qui avait débauché la femme de son voisin, était condamné au stang. Mais ce châtiment ne s'infligeait pas exclusivement aux galans surpris en flagrant délit : la femme mal apprise, qui osait se permettre de battre son mari, était aussi sujette à la cérémonie du stang, non pas personnellement, mais par le moyen d'un représentant, espèce de hérault, qui proclamait hautement son nom et la nature de l'outrage qu'elle avait fait à l'autorité maritale, *et vice versâ* ; dans le Yorkshire, on avait coutume de percher ignominieusement le mari qui battait sa femme ; mais on a senti l'inconvénient d'une telle réciprocité, car il n'y avait de si petit endroit où cette cérémonie bizarre n'eût lieu tous les jours. Les femmes de la dernière classe du peuple ont conservé seules les priviléges de se venger des brutalités d'un mari.

Dans le Westmoréland et le Cumberland, tous les premiers de l'an, la populace s'assemble avec des perches et des paniers, pour prévenir les hommes et les femmes, habitans ou étrangers, qu'ils aient à cesser leurs affaires ce jour-là ; toute personne, prise alors en contravention, est immédiatement saisie. Si c'est un homme, on le perche ; une femme, on la jetté dans un panier, et l'on porte ainsi les délinquans sur les épaules, au milieu des sons des trompettes et des huées d'une populace, qu'une pareille farce réjouit beaucoup. Après les avoir ainsi promenés par toute la ville, on dépose les malheureux patiens dans la tabagie la plus voisine, où ils payent une petite amende, pour se délivrer des mains de leurs persécuteurs. Et que deviennent ces amendes? On les boit, on s'énivre, on roule sous les ables, gorgé de porter, de rhum, de vin et d'eau-de-vie. Voilà le doux passe-temps du peuple anglais.

CHACUN PRISE SON ÉTAT.

Garrick se promenait un jour à Londres avec le célèbre bateleur Weston. Deux ramoneurs, qui passaient près d'eux le sac sur le dos, ayant reconnu les acteurs, l'un dit à son camarade, en ricannant : « Ah ! « ah ! des comédiens ! ! ! — Jack, « reprit très-sérieusement l'autre ra- « moneur, ne les insulte point, tu « ne sais pas ce que tu peux devenir. »

L'AMOUR A L'ANGLAISE.

Un Anglais avait depuis long-temps des vues suspectes sur deux servantes d'une maison qu'il occupoit à Londres. Irrité de leur froideur, et résolu de s'en faire aimer, ne fût ce que pour un quart-d'heure, il imagine un jour de mêler certaine poudre irritante dans une pinte de bierre dont il les régalait. Ces deux femmes, trouvant que la bierre avait trop mauvais goût, refusent d'en boire. Notre amant, sans se déconcerter, reporte la pinte au cabaret, et revient avec d'autre bierre, dans laquelle il avait mis de sa poudre, mais en moindre quantité. C'en est fait! les filles donnent dans le piège. Déjà notre innocent Anglais triomphe dans son imagination. Il croit déjà voir ces deux cruelles, transportées d'amour, sauter à son cou. Point du tout. Les deux infortunées sentent leurs entrailles déchirées; elles se disent empoisonnées, et jettent les hauts cris. On accourt, on appelle un médecin. Sans un prompt secours de l'art, elles périssaient victimes de la petite espiéglerie galante de notre anglais. Pour être plus sûr de sa victoire, il avait eu la précaution de jeter des mouches cantharides dans le thé des jeunes filles. Il paraît qu'on ne trouve pas en Angleterre grand mal à empoisonner les femmes qui se piquent de vertu. L'Anglais ut acquitté.

L'AMOUR DE LA GLOIRE.

Chacun son goût. Demandez au gourmand de quelle manière il veut manger ? — C'est en mangeant. — Au guerrier ? — Sur le champ de bataille. — Au sybarite ? — Au milieu d'un songe voluptueux. Pourquoi ne désirerait-on pas de mourir en marchant ; c'est ce que fit un irlandais. — Que je fasse un mille en cinq minutes et j'expire content, s'écria-t-il dans une société.

LA RÉPONSE SPIRITUELLE.

Un usurier se faisait toujours servir à son dîner deux plats, à l'un desquels il ne touchait jamais, et qui était toujours remporté. Un jour son domestique ne lui en servit qu'un. — Où est donc l'autre ? s'écria son maître. — Monsieur, lui répondit John, je ne l'ai pas apporté, il est venu ici si souvent que j'ai cru qu'il trouverait bien son chemin tout seul.

MARIAGE PROPOSÉ.

Il paraît qu'à Londres comme à Paris, il y a des gens qui ont la manie de se faire mettre dans les journeaux pour se marier. Mais plus heureux que les Anglais, nous possédons M. Williaume, dont tous les soins tendent à prévenir la fin du monde. Je ne doute pas qu'en Angleterre il ne fût considéré sous ce rapport, par les deux sexes, comme un homme précieux, et qu'on ne lui votât des remercimens publics.

Un étranger fit insérer dans Morning-Post (journal anglais), l'avis suivant : Un Monsieur qui occupe une place très-honorable dans les pays étrangers, se trouvant forcé de quitter sous quelques mois l'Angleterre, désire s'unir *pour la vie* avec une dame ou *demoiselle* (le monsieur n'y tient pas), d'un caractère aimable et possédant surtout de 2 à 3 mille liv. sterl. (48 ou 72000 fr.). La famille du monsieur ne veut pas qu'il se marie ; il n'a donc rien à espérer de sa part. Il serait surtout charmé qu'une dame *d'un caractère respectable* prît la peine de *le présenter* à la demoiselle douée des *qualités* qu'il vient de mentionner. En retour d'une telle faveur, il lui assurerait une rente pour la vie ; il est à peine âgé de vingt-six ans. Si quelque dame veut donc s'intéresser au monsieur, elle aura la complaisance d'adresser une lettre *franco*, n°. 34, Middlesex-Street (somerton). On espère que cet avis ne sera point regardé comme un badinage, celui qui le donne est de très-bonne foi.

ANCIENNE COUTUME.

LE FOOT-BALL.

L'origine du *Foot-Ball* est inconnue, comme celle de la plupart des jeux populaires. Les jeunes gens d'un village s'assemblent au milieu d'un champ, et forment deux armées, à-peu-près égales en nombre et en forces. Le jeu du *Foot-Ball* consiste alors à pousser un gros ballon avec les pieds, de l'une à l'autre extrémité du champ; mais il ne faut jamais toucher ce ballon avec les mains. Ce qui rend ce jeu fort piquant, c'est que celui qui pousse le ballon est sujet à se voir culbuté par les joueurs de la partie adverse, qui ont le droit de le faire tomber, en lui frappant les talons de leurs pieds, tandis qu'il court après le ballon. *Foot* en anglais, signifie *pied*, et *ball*, ballon.

On croit que c'était un des amusemens de la populace sous Henri II. Dans les jours gras, après dîner, les jeunes gens de la ville se rendaient dans les champs pour jouer à la balle. Les écoliers dans chaque pension avaient leurs balles, ainsi que les précepteurs. Les vieillards venaient à cheval pour voir ces jeux de la jeunesse, et se sentaient renaître à l'aspect de tant d'allégresse et de é.

Sous le règne d'Edouard III, en 1349, le jeu de *Foot-Ball* fut défendu par un édit public, parce quil empêchait les jeunes gens de s'adonner au tir de l'arc. Jacques II, en 1457, Jacques IV, en 1491, le défendirent . ssi en Écosse. Jacques Ier disait au prince Henry : « Je bannis de « cette cour tous les exercices vio- « lens et rudes, comme le *Foot-Ball*, « qui est plus propre à estropier ceux

« qui le jouent, qu'à les rendre habiles. »

L'usage de jouer au *Foot-Ball* dans les jours gras était jadis très-répandu; il existe encore dans le nord. Dans le Northumberland, la musique de la ville vient tous les ans au château d'Alnwick, à deux heures de l'après-midi, et on jette par-dessus les fossés une balle à la populace. En Écosse, dans la paroisse d'Inverness, il y a le mardi-gras une partie permanente de *Foot-Ball*, entre les hommes mariés et les garçons. Les premiers sont toujours vainqueurs. Il n'y a pas bien long-temps encore que les écoliers de Bromfield, dans le Cumberland, avaient coutume, le mardi gras, de mettre leur maître d'école à la porte de chez lui pendant trois jours, au bout desquels, s'il n'était parvenu à y rentrer par force ou par adresse, on faisait une petite capitulation, dont les principales causes étaient toujours la célébration d'un *Foot-Ball* solemnel : on composait des chansons à la louange des vainqueurs.

S'il faut en croire un ancien manuscrit, les cordonniers, depuis des siècles, avaient coutume de donner aux marchands de drap, en présence du maire de Chester, une balle de cuir nommée *Foot-Ball*, de la valeur de 3 schillings 4 den., qu'il leur fallait pousser de là jusqu'aux maisons de la ville. Cette pratique entraîna quelques inconvéniens; on convint donc, de part et d'autre, en 1540, qu'en place de la balle, on donnerait six sabres d'argent au vainqueur des courses à pied.

Au nord de l'Angleterre, les marchands de charbon ont coutume de guetter les nouveaux mariés au sortir même de l'église, pour leur demander l'argent du *Foot-Ball*, ce qui ne se refuse jamais.

On choisit pour le *Foot-Ball* les jeunes gens les plus robustes et les plus actifs. Ils s'assemblent dans une plaine très-étendue, ou champ en friche. On marque les bornes, et le jeu s'ouvre. D'abord on jette la balle au milieu des combattans; d'autres fois le sort décide quels joueurs donneront les premiers coups de pied. Le combat commence donc. C'est à qui se donnera des coups violens sur les talons, s'entrechoquera, se culbutera. Le plaisant du jeu est de faire tomber sur le nez, sur la tête, un grand nombre d'amateurs. La lutte dure jusqu'à ce que la balle soit enfin poussée à l'une ou à l'autre borne : alors la victoire est décidée.

Le *Foot-Ball* ordinaire n'est autre chose qu'une vessie soufflée, mais celle des grands joueurs est une vessie couverte de cuir.

Une des partie les plus mémorables de *Foot-Ball*, dont les annales d'Angleterre feront jamais mention, a eu lieu le 4 décembre 1815, dans la vaste plaine de Gatter-Haugh, en Écosse, près la jonction des rivières d'Ettrick et d'Yarrow. Les habitans de Dale-Yarrow étaient d'un côté, de l'autre ceux de Selkirk. Le duc de Buccleuch et ses fils, le comte de Dalkeith, le lord John Scot, la comtesse de Home, et plusieurs autres grands personnages s'y trouvaient. Le duc jeta la balle en l'air ; après une heure et demie de combat, les habitans de Selkirk gagnèrent la première partie ; la seconde fut disputée avec acharnement pendant trois heures. Enfin les gens d'Yarrow furent vainqueurs. On ne put jouer la balle avant le déclin du jour ; mais on convint, avant de se séparer, qu'on choisirait de chaque côté cent hommes pour faire une autre partie au profit des pauvres de la paroisse dont les habitans seraient vainqueurs.

LE LAPIN.

Pressé par ses créanciers, un négociant de Londres qui avait grand besoin d'argent, entend dire qu'un particulier devait se rendre le jour suivant à tel endroit, avec une somme de 500 liv. sterl. Le marchand, muni d'un lapin, monte à cheval, suit la voiture et la joint vers la fin du jour. Il ordonne au postillon de s'arrêter; puis s'approchant de la portière : Monsieur, dit-il au voyageur, j'ai un lapin à vendre. — Un lapin! que voulez-vous que j'en fasse? — Que vous en ayez besoin ou non je veux le vendre, point de réplique; le prix est de 500 liv. sterl. : l'homme en chaise entend à demi-mot, donne son argent et prend le lapin.... Au bout d'un certain temps le voyageur, parcourant les rues de Londres, crut reconnaître son marchand de lapin dans la personne d'un gros réjoui qui se caressait le menton sur la porte de sa boutique. Il va aux informations, et confirmé dans son soupçon, son premier soin est d'acheter un lapin au plus prochain marché; puis entrant dans la boutique sous prétexto d'acheter quelque chose, il demande à entretenir le maître en particulier. Quand ils sont seuls : Monsieur, lui dit-il, j'ai un lapin à vendre, et le tirant de sa poche, il ajouta : Le voici. J'en ai payé un à-peu-près semblable 500 liv. sterl., celui-ci en vaut 600. Le marchand un peu déconcerté, mais le remettant bientôt, s'écrie alors : Que je suis aise de pouvoir m'acquitter envers vous; sans vous, sans cette somme de 500 liv. sterl., j'étais ruiné. Mes affaires se sont rétablies ; j'ai depuis recueilli une succession considérable; je vous prie d'accepter le double de la somme. — Alors le voyageur, se contentant du recouvrement de ses 500 liv. sterl., se retira très-satisfait.

LA CRAINTE MOTIVÉE.

Un pauvre Irlandais qui était sur son lit de mort, et qui se voyait avec peine forcé de faire le grand voyage, reçut une visite d'un de ses amis, qui, après les consolations d'usage, lui dit : Allons, un peu de courage; tu sais bien qu'il faut mourir une fois dans la vie. Eh ! c'est bien ce qui me fâche, reprit le malade; si l'on en mourait dix à douze, cela me serait égal.

AVIS DIVERS.

— A louer : Passage public très-fréquenté, le propriétaire ne se trouvant plus en état d'en soutenir plus long-temps l'entretien. S'adresser à mistriss B***, aux Armes de *Sussex*.

— A vendre : Une Vénus connue

sous le nom modeste de Callipyge, en marbre, représentant la marquise de H...d; cette pièce pourrait servir dans l'occasion de modèle, sans la grande abondance des chairs. On donnera par-dessus le marché à l'acquéreur une antique ressemblance de lady J...y. Sa figure était jadis assez belle; mais le fard, les mouches et 40 ans de service l'ont un peu endommagée.

L'ART DE LIRE.

Cet art ne fit en Angleterre que des progrès très-lents; aussi, pour l'encourager, accordait-on jadis la grâce d'un homme coupable, même d'assassinat, pourvu qu'il sût lire. Dans les termes de la loi, cette exception se nommait: *benefit of clergy* (bienfait des ecclésiastiques).

C'EST TROP CHER.

Le docteur Kelly ayant été mandé par un porteur pour accoucher sa femme, se rendit auprès d'elle et la délivra d'un fort bel enfant. Le porteur lui demanda ce qu'il lui fallait : Une guinée, reprit le docteur — Une guinée ! comment ! je suis obligé de mener le plus gros homme qui puisse entrer dans ma brouette, à un mille, pour un schelling, et vous me demandez une guinée pour avoir amené de si près un petit marmot gros comme le poing !

INVITATION ANGLAISE.

Il existe en Angleterre comme en France une entreprise qui se charge des devoirs funèbres. Cette entreprise à Londres, dans l'invitation qu'elle fait au public de s'adresser à elle, s'explique en ces termes : « Comme il est beaucoup de gens « qui ne peuvent pas s'enterrer eux-« mêmes, etc. »

L'AMOUR EXCUSÉ.

Sarah Kingshot s'était un dimanche soir écartée un peu trop loin de sa demeure. Elle rencontre sur sa route deux hommes qu'elle connaissait très bien ; l'un d'eux se nommait Georges Buri. Ils causaient indifféremment, en revenant de la ville :

C'était le soir,
Il faisait noir.

Tout-à-coup l'ami de Georges saisit Sarah par le bras, et la renverse sur un tertre.... Le crime une fois commis, le coupable s'esquive, et Georges s'approche à son tour de la malheureuse, en lui disant qu'il savait ce qui s'était passé, et qu'il prétendait.... Il n'était pas à beaucoup près aussi robuste que son infâme camarade; mais les Anglaises sont d'une constitution si délicate ! elles ont si peu de défense ! Déjà le monstre a terrassé Sarah, quand des hommes paraissent sur la route. Sarah s'écrie; Georges est arrêté : on le conduit devant le magistrat; mais voyez un peu l'humanité des femmes! Sarah déclare alors au tribunal qu'elle croyait que Georges était pris de vin. Quoi qu'il en soit, cette espèce d'amour *ex abrupto* ne demeura pas sans récompense..... Georges fut comdamné à 18 mois de prison. Le juge (M. Bailey) fit à ce sujet une harangue touchante au prisonnier, devant une nombreuse assemblée ; il lui parla de l'énormité de son crime ; il lui dit qu'au lieu de remplir ses devoirs de religion le dimanche, il avait passé le jour à s'enivrer, et qu'alors il avait allumé une passion déréglée.... Mais à peine eut-il prononcé cette dernière phrase, que soudain la plupart des assistans disparurent..... Le peuple anglais n'aime pas plus la morale que les épigrammes.

LA RÉPONSE PRÉCISE.

Un particulier qui s'était blessé en faisant une chute très-grave, racontait dans un café les particularités de cet accident. Monsieur, observa un chirurgien qui était présent, dites-moi, est-ce près des *ver-*

tèbres que vous vous êtes fait mal ? Non monsieur, reprit le malade, c'est près de *l'obélisque, quartier St.-Georges.*

FUNÉRAILLES ANGLAISES.

A cette heure terrible où les affections humaines disparaissent, où les liens terrestres se brisent à jamais, où l'ame quitte sa dépouille mortelle, le malheureux qui survit ne peut se persuader entièrement que la perte qu'il vient de faire soit véritable ; et souvent il l'avait prévue depuis long-temps. Aussi accordons-nous une partie du respect et de l'affection dont jouissait l'être animé au corps qui ne l'est plus ; mais son immobilité nous inspire une terreur religieuse, quand notre imagination nous présente en quelque sorte l'ame céleste qui l'animait voltigeante autour de la demeure qu'elle vient d'abandonner : cette lugubre image nous rappelle ce que nous devons un jour devenir nous-mêmes.

Les coutumes des différens peuples ont dû varier à l'infini, eu égard à la diversité de leurs opinions religieuses; mais toutes sont d'accord pour honorer les morts et les pleurer. Partout les voisins du défunt s'empressent de venir apporter des consolations à ses parens. Des êtres grossiers, qui se sentent oppressés par la douleur comme d'un poids presque insupportable, se livrent à de violentes exclamations, à des mouvemens frénétiques; ils cherchent du soulagement auprès des autres hommes; ils sentent, dans les intervalles de leurs angoisses, leurs peines s'alléger par les efforts également grossiers que font leurs amis pour les distraire. Il n'en est point ainsi des sentimens délicats. La douleur s'enracine de jour en jour plus profondément dans le cœur ; le souvenir y multiplie les peines et les rend plus amères. Les gens du peuple, en de certains endroits, se réunissent dans la maison du défunt avant son enterrement, pour y passer la nuit avec ses parens. On a cependant abusé souvent de cet acte d'amitié : la compagnie, pour bannir le chagrin, s'est quelquefois livrée au jeu et à la boisson, dans l'intention sans doute d'égayer les affligés. Cet abus indécent a fait aussi tomber en désuétude cette coutume, surtout dans le pays de Galles.

En sortant le cercueil de la maison pour le porter au cimetière, les plus proches parens du défunt, la veuve, la mère, la sœur, la fille, distribuaient aux pauvres une quantité de pains blancs, et quelquefois des fromages, dans lesquels on avait placé des pièces d'argent; ensuite on présentait une coupe de quelque boisson au mort, en le priant d'en boire; en même temps on se mettait à genoux, et l'ecclésiastique récitait la prière dominicale. Le cortége se dirigeoit enfin vers le lieu de la sépulture. En plusieurs endroits on chantait, pendant la route, des psaumes très-propres à faire naître des idées religieuses au milieu des campagnes silencieuses. Aujourd'hui même les plus proches parens portent le cercueil sur leurs épaules. C'est la plus grande marque de respect que puisse offrir la piété filiale. Les habitans du pays de Galles regardaient la pluie comme d'un bon augure : elle tombait pour baigner le cercueil de la rosée du ciel.

Après l'entrée du corps dans l'église et la lecture des prières, il est d'usage, dans quelques endroits situés au nord du pays de Galles, de chanter un psaume. Pendant ce temps, l'ecclésiastique se tient près de l'autel, et les amis du défunt s'avancent successivement vers une petite tasse préparée pour cet usage, dans laquelle ils déposent une offrande, toujours proportionnée à leurs moyens, et au respect qu'ils ont pour le défunt : ces dons sont destinés à faire dire des messes. Ils se mettent ensuite à genoux près du tombeau, pour réciter la prière dominicale, et ils la répètent pendant plusieurs dimanches. Au sud du pays, ils parent le tombeau du défunt des plus belles fleurs.

Certain historien dit qu'il en coûtait moins de son temps en Angleterre pour doter une fille, que pour enterrer une femme. Il paraît que c'est de la cérémonie, ou souper, que les Grecs appelaient *perideïpnon*, qu'est venu l'usage anglais de donner, au moment des funérailles, chez les gens riches, du vin et du pain béni, et parmi les pauvres, de l'*ale*, aux assistans.

Dans le Northumberland, quand il vient à décéder une personne de quelque considération, les amis de la famille et les voisins sont invités à dîner le jour même de l'enterrement : on appelle ce repas, *Dîner d'héritage.* On se fait alors une fête, au moment de l'exposition publique du corps, de décharger l'héritier, ou représentant, de tous dommages ou amendes envers son seigneur, comme aussi de toute accusation d'avoir jamais usé de violence envers le décédé. Ainsi toutes les personnes convoquées à cet effet, peuvent attester que le défunt est mort de sa belle mort. On faisait de semblables expositions chez les anciens peuples. On suppose que ce sont les Romains qui ont introduit cette coutume en Angleterre.

A Londres, une veuve nommée Margaret Alkinson, ordonna par testament à ses héritiers de se procurer, le dimanche qui suivrait son enterrement, deux douzaines de pains, une petite tonne d'ale, deux jambons, trois épaules de mouton, et deux paires de levrauts : elle voulut que toute la paroisse, pauvres comme riches, prît part à ce festin, et surtout que la table fût mise, avec tous ses accessoires, au beau milieu de l'église. On enterra une autre femme à Sainte-Marguerite-Westminster, qui n'était connue, pendant sa vie, que sous le nom de la *Mère aux flans*, et qui laissa, par son testament, aux bedeaux de la paroisse une somme de 20 liv. de rente, à la charge de faire annuellement un repas en son honneur, dont le plat principal serait un énorme flan.

En Ecosse, la classe indigente ne désire rien tant que d'avoir des funérailles décentes, c'est-à-dire, auxquelles on puisse inviter tous les habitans de l'endroit. La dépense en monte à 2 livres sterling au moins, (2 louis) ; mais il n'est point un Écossais, quelque misérable qu'il soit, qui ne fournisse à ces frais ; à moins d'être réduit à la dernière extrémité, il n'en retrancherait rien. Les funérailles des seigneurs écossais se font différemment : on place le corps sur une litière portée par deux chevaux ; il est suivi d'un nombreux cortége ; et c'est ainsi qu'on arrive au cimetière : tandis qu'on creuse la fosse du défunt, plusieurs femmes voilées vantent sa généalogie, ses exploits, et finissent par le pleurer en poussant de grands cris. Après l'enterrement, on immole deux ou trois cents brebis, qui servent au repas qu'on doit donner à la compagnie.

Enfin à Shrewsbury, lors du décès d'un seigneur, ses parens et amis s'assemblent dans son appartement; le prêtre s'avance au milieu de la chambre, et y prononce devant la compagnie une oraison funèbre qui retrace les grandes actions, les vertus, les qualités et les titres de noblesse du décédé. Il est à remarquer que, dans cette occasion, on place sur le cercueil un grand vase rempli de vin, où chaque assistant va boire à la santé du défunt. L'oraison prononcée, six hommes s'emparent du corps, et le portent sur leurs épaules à l'église.

FÊTE DU LORD MAIRE.

L'INSTALLATION du premier magistrat de la ville de Londres se fait avec beaucoup de gaîté, quelquefois même d'une manière brillante. Cependant le jour du lord-maire, ainsi qu'on l'appelle communément, ne se célèbre pas aujourd'hui avec toute la pompe qui l'accompagnait autrefois.

Londres, sous la domination de Rome, fut gouvernée par un préfet; du temps des Saxons, par un *port-reve*, et depuis la conquête des Normands, par un *port-reve* conjointement avec un prévôt. Le titre de maire fut donné pour la première fois à Fitz-Alwyn, orfévre. Cet homme était descendant du célèbre duc Alwyn, qui fonda l'abbaye de Ramsey, alderman de toute l'Angleterre et parent du roi Edgar. La charge de maire fut remplie par ce noble pendant l'espace de 24 ans; et le roi Jean, en 1214, pour se concilier les sentimens des citoyens, accorda aux barons de la ville le privilége de choisir un maire. Ils avoient le droit d'élire annuellement cet officier parmi les membres de leur propre corps, ou de le continuer dans sa charge d'année en année. Il était cependant nécessaire, pour la validité de ce choix, que le nouveau maire fût présenté au roi, ou, pendant son absence, à son représentant; mais cette condition entraînait beaucoup de dépenses et non moins d'inconvéniens. Dans la trente-septième année du règne de Henri III, les citoyens obtinrent la faculté de présenter leur maire aux barons de l'échiquier, à Westminster, alors que le roi serait absent, et ce sont encore les juges devant lesquels ce magistrat prête serment.

En 1354, Edouard III accorda le

droit de porter des masses d'or et d'argent devant les principaux magistrats de la ville : on suppose avec raison, que ce fut à partir de cette époque que le premier magistrat reçut le titre de lord-maire ; cette opinion se trouve confirmée par la qualification de comte, sous laquelle on le désigne dans les registres de capitation de 1379, tandis que les aldermans n'y figurent que sous celle de barons.

Une assemblée générale de citoyens, nommée *folb-mote*, avait jadis le droit d'élire le maire ; mais en raison des désordres qui furent le résultat de ce mode d'élection, on préféra choisir des députés dans chaque quartier : cette marche fut suivie, à quelques modifications près, jusqu'en 1475; alors, en vertu d'un acte du conseil général, le pouvoir de choisir un nouveau maire fut définitivement confié au maire existant, aux aldermans, au conseil général, aux maîtres, aux wardens et aux membres des compagnies de la ville de Londres, qui jouissent encore aujourd'hui de ce droit, confirmé par un acte du parlement. L'élection du lord-maire a lieu tous les ans le jour de la Saint-Michel, à Guildhall. Pour être élu lord-maire, il faut avoir rempli d'abord la charge de shériff; il faut aussi jouir de la franchise d'une des douze compagnies principales de la ville. Le pouvoir de ce magistrat est très-étendu ; il ne finit pas même à la mort du souverain : au contraire, lors de cet événement, il est regardé comme le premier officier du royaume, et prend séance en conséquence au conseil privé, jusqu'à ce que le nouveau roi soit proclamé. La preuve de cette assertion se trouve dans l'invitation qu'envoya le conseil privé à Jacques d'Ecosse, après la mort de la reine Elisabeth : on y voit figurer en tête le nom de sir Robert Lée, alors maire, avant ceux des autres grands officiers et des nobles du royaume. Depuis les derniers changemens, le lord-maire se présente le 8 novembre pour prêter serment, d'abord à Guildhall, et le jour suivant à Westminster. La procession qui a lieu à cette occasion se nomme : *the Lord-Mayor's show*, le spectacle du lord-maire.

Originairement cette procession se faisait par terre, en allant à Westminster et en revenant ; mais en 1463, sir John Norman introduisit la coutume de s'y rendre par eau. Il fit construire pour cette occasion, et à ses frais, une barque magnifique, et son exemple fut suivi par les douze compagnies principales de la ville, qui firent construire de semblables bâtimens. Les bateliers de la Tamise furent si contens d'une pareille innovation, qu'ils composèrent une chanson en l'honneur de sir Norman, qui commence par ces mots:

Enfle tes voiles, Norman, etc.

Long-temps après cette époque, les processions par terre se firent remarquer par la variété et par la richesse des accessoires, fournis aux frais des compagnies les plus opulentes de la ville. On employait alors un grand nombre d'artistes chargés d'exécuter tout ce qu'on pouvait imaginer de plus brillant; mais il est juste d'avouer que le lord-maire n'était pas l'unique objet de tant de dépenses. Dans ces temps, il était d'usage que la ville donnât des fêtes superbes, comme aux couronnemens, aux visites des souverains étrangers, aux victoires remportées, etc. Quelques-uns des emblêmes dont on faisait usage étaient tout-à-fait théâtrals, et l'on composait des discours conformes aux différens caractères. A l'installation de sir Wolstone-Dixie, élu maire en 1585, on vit la cité de Londres représentée par une très-belle fille richement parée, qui se plaçait sous un pavillon enrichi des armoiries royales en or moulu; plusieurs nymphes paraissaient à sa suite, parmi lesquelles l'agréable Tamise, la Magnanimité, la Loyauté, la Patrie, la Guerre, la

Marine, la Science. — Un Maure, monté sur un loup, paraissait bientôt après. Il adressait au premier magistrat le discours suivant, qui est en vers anglais. « Natif des régions « où le soleil attèle son char de feu, « je viens de la Zône Torride pour « vous offrir, seigneur, cet emblême « magnifique de la belle ville de « Londres, riche, heureuse, re- « nommée par tout l'univers. » Ce fut sir John Shaw, maire en 1501, qui renouvela l'usage de revenir à Londres à cheval; mais cette coutume fut changée sous le règne de la reine Anne, et sir Gilbert Reathcote fut le dernier maire qui arriva de cette manière, en 1711. Il paraît qu'en deux ou trois occasions particulières, le lord-maire a prêté serment à Tower-Hill, entre les mains du commandant de la Tour.

Voici l'ordre qu'on suit aujourd'hui.

Les sheriffs et les aldermans se rendent dans leurs voitures respectives à la demeure du nouveau lord-maire, et l'accompagnent jusqu'à Guildhall, d'où, l'après-midi, tout le cortége s'avance à Blackfriars-Bridge, et s'embarque sur le bateau de la ville, qui conduit la procession jusqu'à Westminster. Les différentes compagnies de Londres le suivent dans leurs barques respectives, ornées de drapeaux, de flammes, et remplies de musiciens : les bateliers qui les conduisent ont des gilets d'écarlate et sont chargés de beaucoup d'ornemens ; les barques principales, qui brillent de dorure et d'enjolivemens, au milieu desquelles flottent les armoiries de chacune des compagnies, forment un coup-d'œil superbe sur la Tamise. Le nouveau lord-maire prête serment dans une cour d'échiquier, entre les mains des barons : l'un d'eux lui adresse alors un discours. Il se rend ensuite en procession dans les autres différentes cours de Westminster-hall, et l'assesseur invite les juges à un dîner de corps. Ces cérémonies une fois finies, on rentre dans les batelets pour retourner à Blackfriars, où le lord-maire met pied à terre, et de là il se rend à Guidhall. Sa propre compagnie se met à la tête du cortége ; les autres suivent ; paraissent ensuite les officiers et les domestiques du lord, en avant de la voiture de cérémonie, où se trouve sa seigneurie ; et sur des bancs placés vis-à-vis des portières, les deux officiers qui portent sa masse et son épée. Cette voiture de cérémonie est fort grande, ornée de dorures et de sculptures qui représentent différens sujets. Le cortége est fermé par les schériffs, les aldermans, l'assesseur, qui sont chacun dans leurs voitures. Quelquefois on voit figurer dans cette procession de grands officiers de la couronne, des nobles, et autres personnages invités au repas. Les princes du sang l'ont aussi de temps en temps honorée de leur présence. A la dernière fète, en 1815, on y remarqua plusieurs anciens chevaliers avec leurs écuyers, leurs héraults d'armes, leurs porte-drapeaux. Ce spectacle bizarre attira une foule immense tant dans les rues de Londres que sur la Tamise.

FIN.

TABLE DES MATIÈRES.

L'Editeur au Public, Page 1.
Amant (l') Femme de Chambre, 31.
Amitié (Preuve de l'), 57.
Amour (l') à l'anglaise, 97.
Amour (l') excusé, 115.
Antropophage (l') de lui-même, 28.
Art (l') de lire, 113.
Avis divers, 112.
Avis intéressant, 72.
Braves (les deux), 71.
Boxage (Avantage du), 82.
Calcul (le), 86.
C'est trop cher, 114.
Chacun prise son état, 97.
Chaise (la) nouvelle à porteurs, 85.
Charles Ier., 3.
Coutume (ancienne), l'Heaving ou Lifting, 75.
Coutume (ancienne), le Foot-Ball, 102.
Crainte (la) bien naturelle, 34.
Crainte (la) de mourir, 84.
Crainte (la) motivée, 112.
Date généalogique, 62.
Domestique (le) obligeant, 23.
Embarras (l') d'une Coquette, 34.
Enfant (l') tardif, 69.
Enseigne (l'), 22.
Envie (l') de Femme grosse, 33.
Epouse (l') prévoyante, 29.
Esprit (présence d'), 60.
Evénement singulier, 85.
Excuse (l'), 20.
Excuse (l') pardonnable; 47.
Fête (la) du Lord-Maire, 127.

Foire (la) de Fairlop, Page 53.
Funérailles anglaises, 118.
Galanterie anglaise, 23.
Gasconnade anglaise, 84.
Gloire (Amour de la), 99.
Guirlande (la) de la laitière, 64.
Insulte (l') ripostée, 69.
Invitation anglaise, 114.
Lapin (le), 109.
Mariage proposé, 100.
Mortalité d'une année à Londres, 89.
Nom (le) embarrassant, 35.
Notice sur les habitans du pays de Galles, 36.
Obsèques orientales, 88.
Occupation (l') importante, 79.
Orateur (l') à la potence, 73.
Orgueil (l') bien placé, 63.
Pari (le) charitable, 58.
Père (le bon), 80.
Portrait (le), 10.
Probité (excès de), 90.
Proverbes anglais, 51.
Punition (la) bien utile, 70.
Qui perd gagne, 52.
Repas anglais, 48.
Repentir (le), 62.
Réponse (la) précise, 117.
Réponse (la) spirituelle, 100.
Riding the stang, ancienne coutume, 92.
Souhait (le) municipal, 21.
Tendresse paternelle, 24.
Trait d'humanité, 61.
Trait d'un agioteur, 81.
Valentin (Saint-), 14.
Vente conjugale, 25.
Voleur (le) généreux, 56.
Voyageur (le) compatissant, 30.

FIN DE LA TABLE.

www.ingramcontent.com/pod-product-compliance
Lightning Source LLC
LaVergne TN
LVHW020316230826
846091LV00003B/689

* 9 7 8 2 3 2 9 2 8 1 6 3 6 *